艺术，以及那些孤影

唐棣 著

ARTS, AND THE SHADOWS

GUANGXI NORMAL UNIVERSITY PRESS
广西师范大学出版社
·桂林·

YISHU, YIJI NAXIE GUYING
艺术，以及那些孤影

图书在版编目（CIP）数据

艺术，以及那些孤影 / 唐棣著. --桂林：广西师范大学出版社，2024.4
ISBN 978-7-5598-6687-5

Ⅰ．①艺… Ⅱ．①唐… Ⅲ．①随笔－作品集－中国－当代 Ⅳ．①I267.1

中国国家版本馆 CIP 数据核字(2024)第 015124 号

广西师范大学出版社出版发行
（广西桂林市五里店路 9 号　邮政编码：541004
　网址：http://www.bbtpress.com）
出版人：黄轩庄
全国新华书店经销
深圳市精彩印联合印务有限公司印刷
（深圳市光明新区白花洞第一工业区精雅科技园　邮政编码：518108）
开本：787 mm × 1 092 mm　1/32
印张：6.375　　　字数：130 千
2024 年 4 月第 1 版　　2024 年 4 月第 1 次印刷
定价：58.00 元

如发现印装质量问题，影响阅读，请与出版社发行部门联系调换。

我们将进入一个以理性（reasoned）和意控（conscious）方式来创造艺术的时代，艺术家将真正以其为荣。

——康定斯基《艺术中的精神》

每个影子毕竟也都是光的孩子。只有那些经历过光明与黑暗、战争与和平、兴盛与衰败的人，才算真正生活过。

——斯蒂芬·茨威格《昨日的世界》

目录

4 引言

1 卷一

3 想象：旅行启示

35 过去：事实角度

48 承诺：词语之声

64 复现：回归想象

70 追寻：身份焦虑

82 形式：隐逸之谜

95 密度：记忆未来

107 卷二

109 虚构：真实故事

——贝尔纳·弗孔的图像世界

120 距离：焦点问题

　　——罗伯特·卡帕的战地摄影

128 传奇：思想之眼

　　——亨利·卡蒂埃 – 布列松的摄影与逃离

137 时间：艺术过程

　　——罗兰·巴特论艺术

147 新事物：神秘摄影

　　——慈禧与中国近代摄影技术

160 长镜头：视觉实况

　　——阿巴斯·基亚罗斯塔米《24帧》拉片笔记

178　结语
183　附录　书写的目的

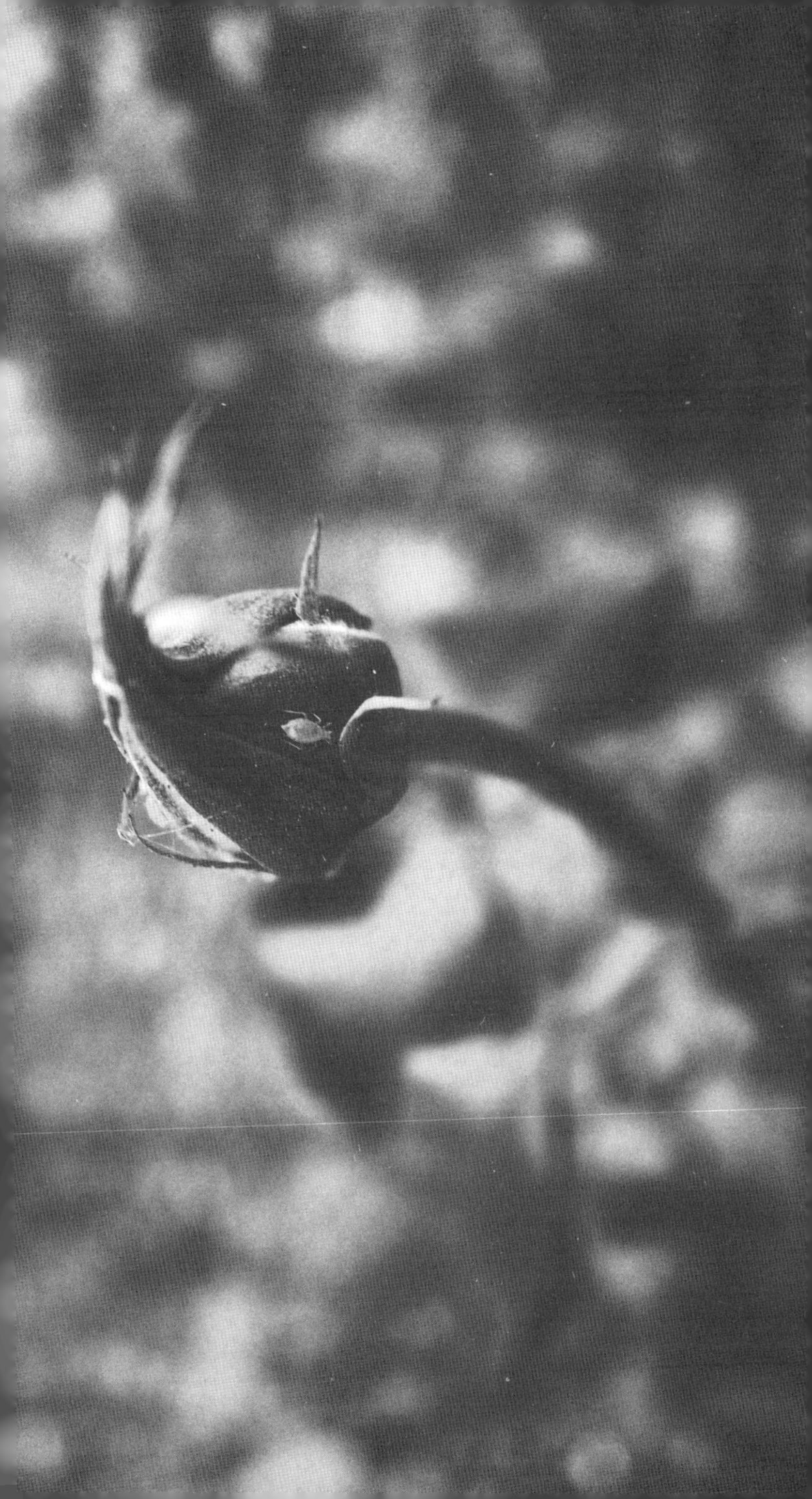

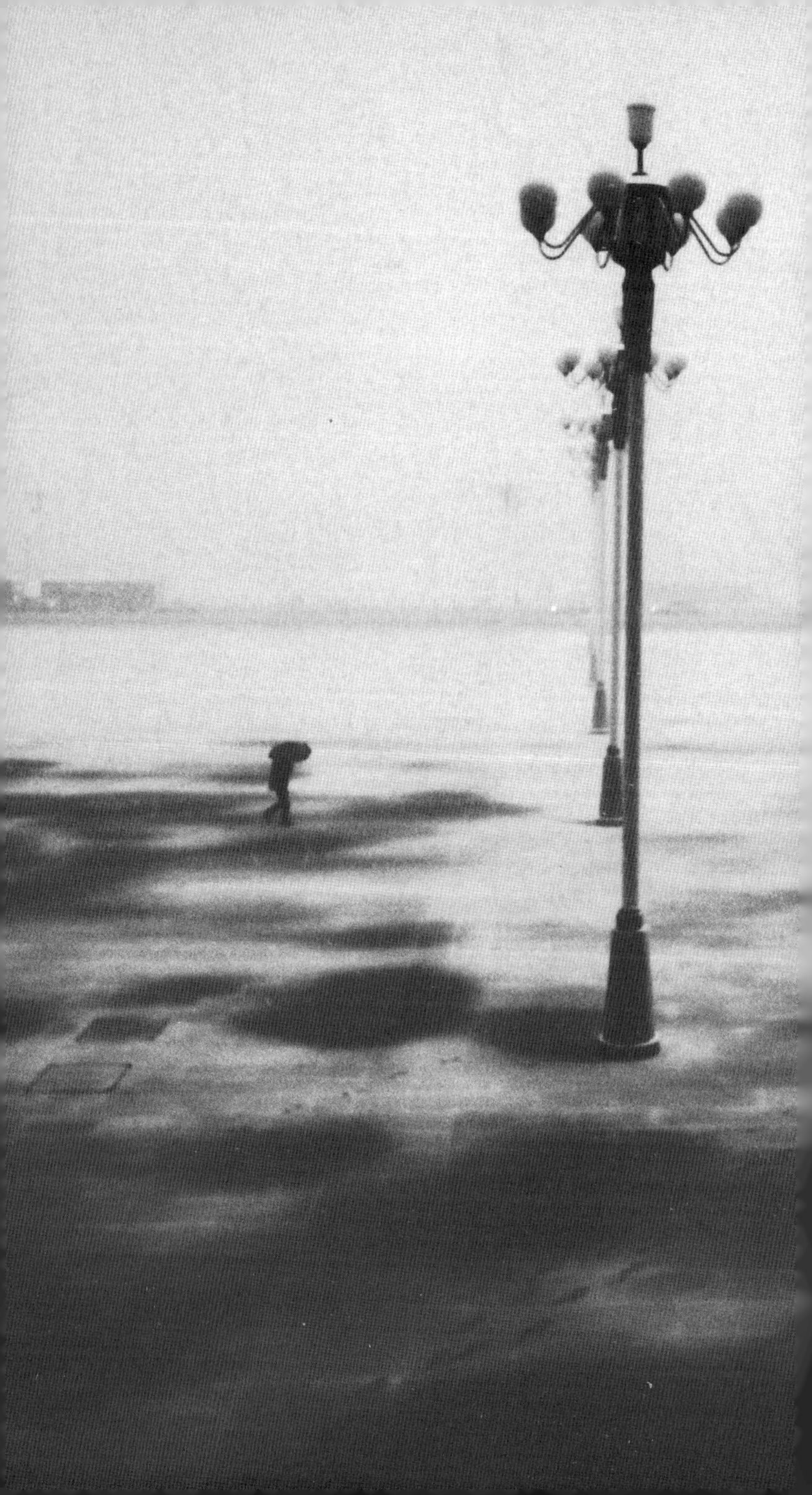

引言

2020年3月，北京。我一个人走出小房间，来到街上。行人不多，车辆更少，每一个声音都显得比平时刺耳。我记得那种淡金色、有点刺眼的阳光，扎扎实实地把曾经拥挤的街道铺满。街道在阳光里，显得落寞而空旷。那也是我长这么大第一次在走路时留意到脚下的影子。

艺术史教授维克多·斯托伊奇塔在《影子简史》里说："当人的影子第一次被人用线条勾勒出来时，绘画诞生了。"故事的背景是男友要去打仗，很可能回不来了。临别时女孩用跳动的油灯光，把男友的侧脸投射到墙上，然后用画笔勾出形象，这样就可以对着墙壁上的轮廓表达思念。

艺术是什么，可能很难说清。但它具有保存、寄托人的情感的作用，这是肯定的，如同科学可以让人们认识自然界的原理一样重要。在我这里，影子还是影响的隐喻。创作者的工作就是在作品与现实之间（有时也是作品之间）找到这种既发生在自己身上，又能连接他人（阅读、观看、思考），既深藏不露，也象征变动，甚至很可能带来恐慌的关系。

这次外出的目的地是一家艺术书店。我到书店时，书店所在的那层一个人也没有。我拿起一本书坐下后，就被书里描述的一个空间吸引了：在高高的探照灯正下方，是一个没有窗户的空间，里面只有一张操作台、一把扶手椅、一部用来消遣的收音机和几本书，其中最重要的是一本"值班日志"。每隔十五分钟，值班员要在上面记下当时的天气、海面状况、灯光装置的可见度、船只经过的情况、储备情况、养护工作、意外、事故、灯塔工介入处理的情况等。在这里做出的每个决定都是孤独的，却又都影响着航线的选择、航向的变化……不知不觉翻完这本《灯塔工的值班室》，抬起头，附近有了三两个人，阳光也已经褪下去了。

以前，我不知道如何描述那种谁都能接收到的，毫不特殊的，又能和看起来深刻的艺术相关的情绪。就在这时，我想到了"孤独"。普通人会把它当秘密，生怕外人知道。艺术家不这样，他们视孤独为宝藏，拼命折腾，享受揭开它的过程。我们在生活中并不常用这个词，但每个人一听就懂。现代世界，谁不孤独？这可能就是艺术存在的意义。所以，写艺术也是一种面对，如同意大利文学评论家卡斯特尔维特罗所说："对艺术的欣赏，就是对克服了的困难的欣赏。"（《亚里士多德〈诗学〉的诠释》）

卷 一

写作就是画出逃逸线,这些逃逸线不是想象的,确实是人被迫跟随的,因为写作使我们介入其中,并在现实中把我们卷入其中。

——吉尔·德勒兹

想象：旅行启示

在中国人的意识里，西方人眼中的中国总是和真实相去甚远。对于西方人来说，中国一度是纯粹的"异域"。他们来中国，就像跌入一个让想象飞驰的空间。

维克多·谢阁兰虽然有"法国的中国诗人"之称，却至今在中国鲜为人知。他的作品曾入选法国伽里玛出版社最高级别的"七星文库"系列，可以说是法国经典的作家了。这个学医出身的人沉迷东方，尤其是中国文化，后来主动学了汉语，来到魂牵梦绕的地方。史料记录了他三次（1909年、1914年和1917年）来中国的经历：第一次是以海军见习译员的身份，虽然有工作在身，但他已经开始经山西、陕西去到四川宜宾了。后两次基本上是"科学考察"，一次是关于中国汉代墓葬艺术的，一次是关于南朝石刻的。据说他只在巴黎东方语言文化学院学过一年汉语，却能通读中国古籍——这多少超出我的想象。在中国，他还做过袁世凯长子的私人医生，除此之外，就是一直在路上。从结果上看，他走过的中国城市可能比一个普通中国人还要多。

为什么我会对这个人感兴趣？比他早来中国的法国人是克洛岱尔，比他晚到的是圣－琼·佩斯，两人都是外交官、诗人，后者还在1960年获得诺贝尔文学奖。我认为，谢阁兰的身份和来中国的时间都有些特殊。他的考古之旅卡在中国历史上一个深有意味的时间段——1908年，慈禧与光绪相继离世；1911年，辛亥革命爆发。谢阁兰来中国的时候，中国大地上正发生着一场告别两千年帝制，走向未知前景的变革。

《出征：真国之旅》很可能是谢阁兰1914年的考察感悟，那次他从京城出发，经河南、陕西、四川、云南，最后到达西藏边界，一路还拍了不少照片。

《出征》第一章开篇就写："在两个世界里，大多数事物其实是同一的。为了使他们之间发生撞击，并不需要求助于已成陈迹的某次旅行；要见证这样一场决斗，也毋庸急奔不息，因为，决斗原本总在那里。"

"两个世界"指想象和真实的世界。有意思的是，谢阁兰的写作好像不在乎是想象还是真实，他在书里说："在被质于事实时，概念与实物究竟怎样符合？何处能寻得连接两者的链条，何处是真实的确定——或彷徨——之地？"（《出征》）

《出征》更像虚构与非虚构混合的文体，充满神秘色彩，似乎一点也没有引起读者去对应某段历史、某个具体地方的冲动。在书的译者序里，译者早早就提出了这个问题："想象会衰退还是加强，当它对质于真实之际?"还有就是为什么这本书叫"出征",而不是"出发"呢?

在谢阁兰眼中,想象和真实"轮流将唯一的存在据为己有",并且二者的"决斗原本总在那里"。所以,想象和真实此起彼伏,无法捉摸。同样在译序里,译者还提到,"这个疑问,在一个毕生都在想象、毕生都在寻求以想象抓住世界的作家那里,实在可以说是性命攸关的"。

通过下面这句谢阁兰的诗,也许你就明白他的创作观念是什么:

> 我聆听未道之言,遵从未颁之令,崇拜未竟之业,/用我的欢乐、我的生命、我的虔心宣告无纪年的统治、无登基的王朝、无人的名、无名的人、上天包容而人类却未领悟的一切。
>
> ——《无年号》

这句诗出自谢阁兰生前在中国出版的诗集《碑》,写于他在中国游历的那几年,"在这个破烂不堪,摇摇欲坠的帝国中,只有它们意味着稳定"(《碑》之《自序》)。

从零星的表达里,我猜他要找的显然不是现实,也不是我们常说的"异域情调"——"异域情调不是平庸的游客,或观光者的万花筒,而是个性鲜明的个体遭遇到某客体时,感受到彼此距离并为之陶然,从而内心被激起的一种强烈的异样的反应。"(《画&异域情调论》)他在乎的是一种内心的投射:"一如既往,我们走向远方,其实只是走向内心深处。"

从这个基本得到共识的意义来看，我似乎有些理解谢阁兰笔下的"中国"是什么意思了。在这里，他的身份回归到一个作家、一个诗人。外部世界只是他对自己内心的丰富，总有一天他会通过这些来表达自己的内心。其实，国内关于他的书不多，有人看到了他历史考察的一面，有人看到了他探险家的一面，还有人在研究他和中国文化的关系。

我觉得，最重要的是他从中国的大地上获得的无边的想象。这些想象都体现在他的《碑》和《画＆异域情调论》里，当然也包括这本"不像游记的游记"——《出征》。

我在很多地方看到大家引用博尔赫斯评价谢阁兰的话："他当列入我们时代最聪明作家的行列，而且也许是唯一一位曾对东西方美学、哲学作出综合涉猎的作家。你可以用不到一个月就把谢阁兰读完了，却要用一生的时间去理解他。"

理解什么呢？他笔下的中国？或者他心中"稳定"的中国形象？我觉得，除了这些，更重要的是从他的旅行中获得启示。

在《谢阁兰与中国百年》前言里有一段写道："来中国，谢阁兰寻找的不是猎奇，而是一种新的观看：由对世界的'多异'观看……他本愿以漫长人生追寻这生命之强力，却过早地，在'一战'的硝烟中，在布列塔尼的家乡，与古老的东方帝国，与古老的欧洲大陆共同消殒。"

据这本书里说，谢阁兰死于1919年，即"一战"结束前夜。命运诡异的安排让他的生命随着一个时代悄然而逝，把一生献给神秘、遥远的东方。

西方人口中的"中国"曾经不是指一片具体的土地，而是指代遥远之处。直到1960年，在比利·怀尔德导演的电影《桃色公寓》里还有这样的情节——男主人公和同事乘电梯上班，遇到了一位漂亮的电梯小姐，到办公室时，同事和男主人公说了一句话："小伙子，我想和她一起坐电梯到中国。"

相比法国人谢阁兰，意大利人安东尼奥尼在中国可以说是大名鼎鼎。1972年，他有幸来到这个对西方来说指代遥远之处的国度，拍了纪录片《中国》。他带着巨大的好奇心，乘飞机抵达北京，又从北京乘坐各种交通工具去往各地。我个人不太认同他镜头下的中国，也不认为这部电影记录了多少真实的东西，那些老旧残破在浓重的猎奇视角下出现了变形，反而不如谢阁兰拍下的那些中国照片有价值。但我必须承认，那也是一种中国的样子。

* * *

20世纪70年代之后的十年，上述情形也没有多大改变。对于80年代的中国面貌，如果选一个外来旅行者的视角的话，可以看看美国作家保罗·索鲁的《船行中国》和《在中国大地上》。

这两本书分别记录了作者1980年和1986年两次到中国的见闻。第一次，一个老外沿长江南下，见到"人们穿着蓝装、脚蹬布鞋，骑着自行车穿过泥泞的街道；工人在照明不佳的工厂逐渐失去视力；服务生不拿小费，还高喊着,为人民服务……"1986年,保罗·索鲁再来中国,他乘火车从北京到上海、广州、呼和浩特、兰州、西安、成都、桂林、长沙、韶山,又返回北京,去往哈尔滨、朗乡、大连、烟台、青岛、上海、厦门、西宁,最后到西藏。在这些地方,最重要的是新变化:"穿蓝色外套、脚蹬布鞋的人少了,衣服颜色更加丰富,太阳帽、墨镜和鲜艳的运动衫都流行了起来,有的妇女还穿上了短裙。"索鲁在书里写了很多不同的人,时代的变迁反映在个人的变化上。

印象最深的是他留下的一句感叹:"中国历史告诉我们的经验之一,就是她的人民总是不知疲倦、步履不停。"由此带来一种人生如旅的沉重感受,像看了一遍日本电影《步履不停》。

虽然索鲁的记录有时事无巨细,逻辑清晰、有趣,但不可否认,"旅行者的叙述,实质上都是关于'被误读'的故事"。也就是说,这不是一种纯粹的纪实性叙述,有时为了强化真实感受,想象力开始发挥作用。比如,索鲁在西藏出车祸时车中的"七秒"肯定是出于想象——

"那可怕的风一直撞击着颠簸的车身,飞扬的尘土遮住了窗外的光线,我们悬浮在空中。那一刻我心想,我们就要粉身碎骨了。"在现实与想象交织在一起的"七秒"里,我们与索鲁的共同感受达到了最高潮,"这几秒钟显得既痛苦又漫长,恐惧无时无刻不在侵蚀着你"。

从索鲁的叙述里,可以看到真实的人,因为他一路上对事的态度始终在变化:某些对所见之人、所遇之事的调侃与认同,不解与宽容,这些私人的东西恰恰把叙述带入了一种亲切的氛围。《在中国大地上》最有温度的部分也是这些。这说明"有时候这似乎才像是真正的旅行,途中满是光怪陆离的发现和乐事"。

在拉萨的车祸中意外受伤之后,索鲁仍然觉得一切都是欣喜的,没有丝毫恐惧和疲累。在全书结尾,他深情地写道:"于我而言,它不再是一场旅行,它已经融入我的生命。旅行结束时,我感到自己即将踏上的不是归途,而是一条离别之路,真舍不得离开。"

* * *

1990年代的中国于我而言也有了模糊的记忆。中国疆域实在太大,为了和自己记忆里的"局部中国"做一个对照,我接触到了《江城》。作者彼得·海斯勒,美国人,中文名何伟。他在书里写到"这并不是一本关于中国的书,它只涉及一小段特定的时期内中国的某个小地方……从地理和历史上看,涪陵都位于江河的中游,所以人们有时很难看清她从何而来,又去往何处"。

这本书有一个尤其动人的开篇——

> 我是从重庆乘慢船顺江而下来到涪陵的。那是1996年8月底一个温热而清朗的夜晚——长江上空星斗闪烁,漆黑的水面却映不出微弱的点点星光。学校派来的小车载着我们,以码头为起点,蜿蜒行进在窄小的街道上。星光下,这座城市不断向后掠去,显得陌生而又迷离。

想象:旅行启示

从这天开始，彼得·海斯勒在涪陵待了下去，直至1998年，"它把我变成了一个全新的人"。如何理解这个"全新的人"呢？

在我看来，不同的人，不同的记忆，才能促成"一个全新的人"出现，"全新的人"其实就是全新的视角，全新的"世界"。这点非常重要，艺术家徐冰在《地书：从点到点》序言里就说过了："艺术重要的不是它像不像艺术，而是它能否给人们提示一种新的看事情的角度。"

在鲍德里亚之前，我从未想过旅行会给人这样的启示——那是他在《冷记忆》里写到的："人们在旅行中所寻找的既不是发现新事物，也不是进行交换，而是一种和风细雨的去疆域化，是一种旅行本身的责任承担，也就是对不在场的责任承担。"

他人的在场，也是我们的缺席；艺术的在场，可能就是某种现实的缺席。当我意识到这点，忽然觉得作为生活在其中的人，也许并未留心过这些作家笔下"过去的中国"——太多人无形中缺席了自己的生活。各种声音都在告诉我们，过去不重要了，现代人更关心现在。在这个时间点上，一个外部视角的出现，比过去任何一个时刻都意味深长，其中就包括我们对某些终将缺席的记忆承担什么样的责任。

附记一：此处与世界

伊丽莎白·毕肖普有一首小诗叫《旅行的问题》，其中有这样两句——

想想漫长的归家路。

我们是否应该待在家里,惦记此处。

我把诗里"漫长的归家路"看作人生的隐喻。人走过这一生,就像完成一次旅行。"旅行中总是有一种自身再域化的方式……"(吉尔·德勒兹《对话》)说白了,旅行也不是无限广大的,而是会被划分出区域,一如人生拥有不同阶段。

当代摄影圈很多人都知道日本摄影师筱山纪信说过的一句话:"当我出去旅行时,我整个身体都变成巨大的眼球……"(《决斗写真论》)我明白他在强调"生理地看"的重要性。发自生理的想象,对我个人来说几乎不太可能——这个问题我也解释不清,比如现代人在某些事情上的想象力惊人,但某些方面又相当匮乏。我只能针对自己发言。

在我年轻的时候,我读到了《墓畔回忆录》。那时刚离开学校,处于一个特别迷惘的人生阶段。不好说我读得懂夏多布里昂在写什么,只能说我能体会到那种和自己当时的感受有几分相似的情绪。

有时我闭上眼,脑海中就会慢慢浮现出一个行色匆匆的法国人形象,然后时间快进,最后定格在他步履艰难地登上格朗贝岛,并在那里选中了一块墓地,准备和世界告别的场景。那时他已经70多岁,人生进入最后阶段。至今,那个怪石嶙峋、蓬草乱生的小岛上,唯一的建筑就是这座夏多布里昂的墓。墓前铭刻着:"一个伟大的法国作家希望安息在这里,但愿只听见海和风的声音。"

其实这个情景并非完全出于想象。

一翻开这本《墓畔回忆录》，就能看到夏多布里昂在《前言》里写道："出于一种也许是怯生生的眷念之情，我视这部《回忆录》为密友，我不愿意同它分离。"《结束语》部分又写着："1841 年 11 月 16 日，在我写下这最后几句话的时候，我那扇朝西对着外国使团的花园的窗子敞开着。现在是早上六时。我远远看见苍白和拉长了的月亮；它正在被东方第一道金色霞光照亮的荣军院的尖顶上坠落：这仿佛象征着旧世界的结束，新世界的开始。"

一前一后都在强调一种与旧世界的别离之感。但当年对于刚踏上社会的我来说，从书里读出的可能更多的是与新世界相遇的茫然。

《墓畔回忆录》里关于"世界"的话题有这样一段话："每一个人身上都拖带着一个世界，由他所见过、爱过的一切所组成的世界，即使他看起来是在另外一个不同的世界里旅行、生活，他仍然不停地回到他身上所拖带着的那个世界里去。"

这句话里的"世界"，几乎把我想写的意思都包括进来了。世界可以是外在的，由走过的地方组成；也必然是内在的，由自我不断生长的感受构成。否则，世界就不够完整了。

1580 年，另一个法国人从博蒙出发，开始了一场意大利之旅。这个法国人就是作家蒙田。事实上，1568 年，35 岁的蒙田继承了祖上的一座城堡后就足不出户、闭门写作了，直至 1580 年出版了《随笔集》的第一卷和第二卷。随着时间推移，开启意大利之旅的理由也越来越充分：比如为了缓解写作时的内心空虚，为了减轻想象与现实带来的紧张感，抑或是像当时很多欧洲人一样去意大利"朝圣"。

《蒙田意大利之旅》不像一般人认为的那样写满欧洲人对意大利"朝圣"般的虔诚和膜拜。它几乎没有很大的话题，记录最多的反而是生活细节，如吃喝场面："有人给他送来一只银盆，上面是一只装葡萄酒的玻璃杯和一只装满水的瓶子，瓶子就像装墨水的瓶子那么大。他右手拿杯子，左手拿瓶子，按自己需要把水倒入杯子里，然后又把这瓶子放进盆里。"还有就是多次描写入住旅馆的陈设："他们的房间没有玻璃和封窗板，不及法国的干净；床更舒适更平整，放上许多床垫，但是床的天盖都只有小的，线脚也不整齐，白床单也是小里小气的。"

从这两段引用的文字，就可以看出这本书在写作上是有"预谋"的。《蒙田意大利之旅》里，除了亲历者蒙田，还有一个分身，就是观察者蒙田，他是神秘代写人，书中的"青年侍从"。亲历者出现在旅行文学作品里是必备的元素，太正常了，而观察者作为除主人公外的人出现，一下打破了真实和想象的界限。这个人让整本书变得与众不同，也增加了这本游记的文学性。很少听说哪个作家找人代写，尤其是蒙田这样的大作家。所以我读这本游记时，一读到"蒙田先生""他"时，就仿佛看见了一个羞怯的年轻人，正拿着笔……于是，想象开始起作用。

英国戏剧大师彼得·布鲁克说："旅行是一条通向另一个世界的最可信的道路。"这句话用在意大利之行的亲历者和观察者蒙田身上很合适。这只是一方面，另一个

想象：旅行启示

问题也随之而来:我们该如何判断路上的所见所闻呢?

诗人米沃什在《米沃什词典》"AFTER ALL(终究)"词条中说:"我到过许多城市、许多国家,但没有养成世界主义的习惯。相反,我保持着一个小地方人的谨慎。"

我理解的"小地方人的谨慎"是一种对待外界事物的冷静,一种不被表面现象迷惑的定力。严格意义上的"世界",更多指代一个更广大(全面)的观察视角。很多时候,眼界一旦打开,各种事物纷至沓来,判断自然变得重要。假如再有一点"小地方人的谨慎",学会分析、判断,可能旅行的意义就更大了。

在我看来,《蒙田意大利之旅》就有这种谨慎感。他在书里的记录十分具体,年月日、地点、距离某个地方多少公里、每个小城的名字、每个遇见的人的名字等。

对于"为什么旅行"的问题,蒙田似乎在《随笔集》第三卷第九章《论虚空》里作了回答:"我知道我在逃避什么,但是不知道我在寻找什么。"

这句话和克洛德·列维-斯特劳斯《忧郁的热带》里的那句"我在抱怨永远只能看到过去的真相的一些影子时,我可能对目前正在形成的真实无感无觉……"一样,说的都是他们对现在无感,想要离开,但又没说具体对什么有感觉。我想,当下年轻人对此并不陌生,甚至有几分熟悉。

说到底,旅行的本质不是为了相聚,更不是为了融入。我相信夏多布里昂那句关于世界的话:"即使他看起来是在另外一个不同的世界里旅行、生活,他仍然不停地回到他身上所拖带着的那个世界里去。"旅行就是把两个世界合并在自我身上的过程。

自己身上的那个世界,就是此处,就是现场。卡夫卡说旅行者决定了路:"旅行者行的那些路,他们一开始走上,就想象它们在一直等着他来走。换句话说,人们可以肯定,这同一个旅行者踏出了一条路,没有他走的话,那条路显然不会存在。"(《卡夫卡日记:1914—1923》)

如果说夏多布里昂决定了世界可以有很多种,那蒙田就决定了意大利之旅是一场走向世界、增长见识,继而又回到此处,丰富阅历的旅程。

* * *

据说,法国作家夏多布里昂在《墓畔回忆录》里第一次用了"现代性"这个词,而且略带贬义,指的是和大自然的永恒与传奇式中世纪的辉煌相反的乏味生活,不同于波德莱尔在《现代生活的画家》一文中用这个词呼喊一种新美学。

我在手上这版《墓畔回忆录》(上海文化出版社,2000年)里没有找到具体涉及"现代性"的段落,但在其中找到了这样的句子——

> 曾经产生这一切的古代社会的残骸,在令你对新社会萌生厌恶同时,不让你对未来有任何向往……大自然将一代代年轻人迅速带到废墟上,就像它用花朵迅速点缀他们……

夏多布里昂的这些话里，包含了现代生活易变、乏味、瞬间、偶然、单调的基本观点。细看的话，其中有对现代生活的怀疑、拒绝，进而产生出来的某种反抗情绪。说白了，是大家对"美"的定义越来越不同，因为"绝对的、永恒的美不存在，或者说它是各种美的普遍的、外表上经过抽象的精华。每一种美的特殊成分来自激情，而由于我们有我们特殊的激情，所以我们有我们的美"（波德莱尔《论现代生活的英雄》）。

美国文化史家彼得·盖伊在他的《现代主义》一书里也说到了这点："真实，就是现代主义的第一要义。而这真实首先就是内心的真实，或者换用现代主义者的话来说，发现你自己……万物只有在观赏者与之配合时才是完整的。一切观察上，都必须有创作者本人存在，甚至压倒了原本的万物，这才是真实的。"其实就是在强调一种个人意义。在波德莱尔那里，这种真实伴随着一种绝对的孤独——"我已经坠入了一种可怕的阴郁、沉闷的状态中，需要绝对的孤独来重新找回自己，找回力量。""波德莱尔的忧郁"作为一个名词在《论现代生活的英雄》中被这样描述："伟大的传统业已消逝，而新的传统尚未形成。"

我曾意外地在一本 1980 年 1 月的《世界文学》杂志上翻到现代派诗人 T. S. 艾略特的一句话："伟大的诗人在写他自己的时候，就是在写他的时代。"当时与我一同逛地摊的正好是个诗人，历经 1980 年代。他对我说，艾略特在当时就是西方现代派诗人的代表。通过艾略特在《现代教育和古典文学》中的赞誉，诗人又知道了夏尔·波德莱尔——

> 波德莱尔在某些方面远远超过了他那个时代的观点，但同时他又属于那个时代，在很大程度上带有那个时代所特有的优点、缺点和风尚。

忧郁为什么成了那个时代特有的风尚之一？汪民安在《现代性》这本小册子里写道："现代性的标志是冲突，它有待于被叙事，而不是被定义。"

身为现代人，当然想了解现代性。在我看来，波德莱尔的诗集《恶之花》和散文诗集《巴黎的忧郁》本质上是同一本书，写的都是那个时代社会上某类不安于现状的人。

波德莱尔在1863年首次发表于《费加罗报》的一篇文章《现代生活的画家》里描述了这样的场景：

> 他就这样走啊，跑啊，永远在寻找着。寻找什么呢？我们可以确定，这个人，正如我所描述的，这个孤独而富有想象力的人，永远在人类浩瀚的荒漠漫游，他的目的比纯粹的漫游者更高尚，比追求一时的短暂欢愉更普遍。他在寻找那个难以定义的事物，我们姑且可以称之为"现代性"，因为找不到更好的词语来表达这个概念。他的目的是，从诗歌中抽离出蕴含于其所处历史背景的时尚，从短暂中提炼出永恒。

夏多布里昂和波德莱尔是不同的。某种程度上，夏多布里昂相当于逃离了，波德莱尔则发展了那种情绪，

想象：旅行启示

并且直面一种没法挣脱的无奈，所以我会说在《恶之花》里读到了某种消沉的东西，那是因为我不知道那个时代背景。知道了，也就比较能接受了。

波德莱尔和莫奈、马奈、库尔贝、德拉克洛瓦这些现代派画家都是朋友，经常一起参加印象派绘画沙龙。

准确地说，现代艺术应该是从印象派绘画开始的。

波德莱尔曾为这些画家写过不少评论，其中一些话后来经常被人摘出来，作为"现代艺术"发展过程中的理论依据，比如"谁说浪漫主义，谁就是说现代艺术，即各种艺术所包含的一切手段所表现出来的亲切、灵性、色彩和对无限的向往"（《1846年的沙龙——波德莱尔美学论文选》）。

也是在这篇经常被引用的《1846年的沙龙》里，波德莱尔写道："由于艺术永远是通过每个人的感情、激情和幻思而得到表现的美，亦即统一体中的多样性，或绝对者的不同方面，所以，批评时刻都触及形而上学。"

这就一点点把艺术从生活层面拔高到了理论层面，当然也无可厚非。

艺术史从来不是给大众看的，尽管它有一半来自我们身边形而下的生活的影响。

从这里尤其可以见到现代人的孤单处境，更准确地说，现代艺术就诞生于人与这种冷漠的冲突。否则，那些"破坏"（创新）是从天而降，完全没来由的吗？

汪民安在《身体、空间与后现代性》里提到"艺术家从瞬间性中发现了美，但普通的都市人正是为了应对这种瞬间性和不可预见性而发明了世故、冷漠和算计"。这里的"美"指的是一种"现代审美"，好比印象派对之前写实主义的"背叛"。

"现代性"虽然无法定义、描述，好像也只能从"时间"或"时代"方面入手，现代审美差不多也是这样，但有一点可以确定，就是它没有离开人对"现在"的感受：失望、厌恶、痛苦……

往更远的时间跨度上看，除了波德莱尔撕裂般的、碎片化的"新时代"，还有过去和传统有关的一个暂时的总和。别忘了波德莱尔身处摄影技术对绘画造成极大挑战的年代，"越来越多的现代画家'赋予画作的不是他们所想之物，而只是他们所见之物'"（马歇尔·伯曼《一切坚固的东西都烟消云散了：现代性体验》）。

但要过去与现在完全脱离，很明显也不太可能。我手上这本《恶之花》是漓江出版社1994年4月第三次印刷的版本。这个版本很有意思，在诗集前的代译序里，有一段话这样说——

> 19世纪伊始，斯达尔夫人就提出："忧郁是才气的真正灵感：谁要是没有体验到这种感情，谁就不能期望取得作为作家的伟大荣誉；这是此种荣誉的代价。"第一位以此为代价赢得荣誉的是夏多布里昂……

斯达尔夫人可是法国19世纪积极浪漫主义的早期代表作家，很权威。她指出的第二个人就是波德莱尔。译者郭宏安先生认为，认识到资产阶级造成的丑恶现实，也感到幻灭，在黑暗中迷失，想寻求一片净土，"这恰恰是不可能的，所以不可能，是因为他们不能彻底切断他

想象：旅行启示

们与资产阶级的联系,他们不能脱离资产阶级而归附无产阶级"。

我复述这段话的意思,是为了印证前面提过的忧郁是一种社会现象,也可以说是一种在文化领域较为普遍的感情,在法国文学史上被称为"世纪病"的基本症状。

波德莱尔在写给朋友的一封信里说:"我知道我写的是什么。我只讲述我见过的东西。"同时,他也说过:"描绘已经存在的事物无用且枯燥,因为没有任何已经存在的事物可以满足我……比起积极乐观的无聊小事,我偏爱幻想中的魔鬼们。"从这里就能看出,他说的"所见"也不是亲眼所见,并非实实在在的现实。这么说,从艺术家的角度是没问题的。这个"言之凿凿"会产生一种内在的驱动力,相信的力量会促使读者和作者一起带着忧郁的眼光,去看清这个世界。

具体来说,波德莱尔笔下的巴黎是忧郁的,《1846年的沙龙》结尾写到的这个状况,也是一种表达忧郁的方式:"巴黎生活中充满了诗性与美妙的题材。美妙的事物如大气层一样包裹着我们,充斥着我们。但我们见不到它。"

> 那充满短暂快乐的无邪天堂,
> 难道这比印度和中国还遥远?
> 悲哀的呼喊能把它召回地上,
> 清亮的嗓音能让它生意盎然,
> 那充满短暂快乐的无邪天堂?

这是波德莱尔《恶之花》里的诗句,可以对应他对

"现代性"的定义:"现代性就是过渡、短暂、偶然,就是艺术的一半,另一半是永恒和不变。"

波德莱尔和现代性的关系,和一切事物开始走向不确定、各种概念流动起来有关,他在那个特定的时期坚定提出的理念被汪民安在《身体、空间与后现代性》一书中作了概括:"既指现代生活的短暂性和偶然性,也指艺术和美所体现出来的短暂性和偶然性;最后一个隐含的论断是:对现时生活充满孩童般体验兴趣的现代人的现代性。"

一切开始流动的表现是,我在他的诗句和文章里看到了不少"游荡者"形象。"完美的游荡者、热情的观众,这是建立在众人心中的巨大的快乐。在起伏的运动中,在难以捉摸和无限中……"波德莱尔在《现代生活的画家》中描述了这个城市所有居民都喜欢但却迅速消失的快乐,"不在家,却觉得自己处处像在家里;要看世界,要站在世界的中心,但又要对世界保持一种隐遁的态度。这是种不偏不倚的性格,言语所能的定义,都是笨拙的"。

在我们现代人看来,旅行当然是一种看世界最直接的方式了。波德莱尔也写过很多旅行的诗句,随便找一首来看——

> 对爱上地图和版画的孩子来说,
> 宇宙和他广大的食欲等同。
> 啊!在灯火的光亮中世界多么广阔!
> 在回忆的眼中世界多么微小!

想象:旅行启示

恰好这首诗就叫《旅行》，写的是波德莱尔成年前自己的一次旅行。当时，他的生父已经去世，母亲改嫁，波德莱尔很想当一名诗人，可是新组建的家庭不支持。"那些从事文学事业的人，将自己交付给怎样悲哀、惨淡和动荡不安的存在啊！从许下这种誓愿的头一天起，他就应该想到自己已经与人们、与实际生活分开了；他不再生活——而是变成了生活的观察者。所有情愫到他那里都成了供分析的基质。"（泰奥菲尔·戈蒂耶《回忆波德莱尔》）为了不让波德莱尔沦落到这样的境地，继父拜托船长朋友，把他带上了一艘开往印度海域的轮船。这次旅行，对波德莱尔后来的很多创作都有影响，他始终无法挥散某种与巴黎的污油相冲的光明。后来名作《恶之花》里与那些忧郁、昏暗的情愫对照的，是"异国的芬芳""大海的脊背——那长长的浪梯"等诗句。据说，波德莱尔在这次旅行中，游历了毛里求斯、波旁岛、马达加斯加岛、锡兰岛等地，所以读者能迅速理解他为什么会写那么多与海相关的事物了。海的广阔，海上的自由，给巴黎闭塞、幽暗的现实带来了巨大的冲击。

> 我唯一的所爱，我乞求你的怜悯
> 从我的心所坠入的黑暗深渊的底部，
> 这是一个有着铅灰色地平线的阴郁世界，
> 黑夜里到处飘荡着恐怖和诅咒。
>
> ——《我从深处呼喊》

顺着这几句诗，我想起另一个法国人萨特《七十岁自画像》里的一段话："1961年或1962年，我在罗马，不知道写什么好。于是我寻找一个小说题材。一会儿我想写一部爱情小说，一会儿我想写这么一个人，他在罗马的街头转悠，望着月亮，想着他自己在世界进程中占什么位置……"

每一个时代，艺术家好像都是不同程度的游荡者。但游荡是有目的的，他们其实是在不懈寻找，只是找的东西在变，波德莱尔找到的"现代性是艺术昙花一现、难以捉摸、不可预料的一半……"

这就是20世纪美学理论的核心概念之"现代性"的来源。我理解大家说波德莱尔时，其实不是在说这个过早失去父亲的法国诗人，而是在说由他牵扯出的那个让人忧郁、遐想的时代。

这么说有点空泛。至少，艺术家们在我们这个时代还没有脱离现代艺术的影响，真正进入当代。像波德莱尔的"现代性"不是没有被提出来过，只是因为和过去、传统牢牢地绑在一起，没人觉得新鲜而已。

英国诗人菲利普·拉金在谈写诗时说："主要是对经验本身负责，我试图为了它本身的价值而保存它，使它不至于被遗忘。"

波德莱尔《恶之花》保存了什么呢？按《现代性》里的说法，"既然难以从前概念上来定义现代性，我们姑且从发生的角度来描述现代性，描述它的发生情景"。这是最好做的——波德莱尔的意义，可能就在于他提出"现代性"时，人们已经无法无视身边那个世界的改变，立刻从中嗅到了新时代的气息。

到了结尾，我想说，从夏多布里昂到波德莱尔，"现代性"很简单，也很复杂。

其实，《现代性的神学起源》里说得很好："在现代性的进程中，实际发生的并不是神的简单清除或消失，而是将他的属性、本质力量和能力转移到其他东西或存在中。因此，所谓祛魅过程也是一个反魅过程，在这个过程之中并通过它，人和自然都被赋予了以前被归于神的若干属性或能力。"

这很容易让人联想到阿兰·德波顿在《旅行的艺术》中写的一段话："我们就像这样一个人，有一个词语在他耳边已经被提及多次，但是只有他体会到这个词语的含义时，他才开始倾听到它。我们探寻美的旅程也是这样；我们想要从哪里开始艺术之旅，艺术作品就从哪里开始潜移默化地影响我们。"

现代性的进程和探寻美的旅程，好像都在说同一个道理：在一个词义变化的过程中，也许更多人和我一样，没有机会如夏多布里昂一般足迹遍布世界各地，也不能像波德莱尔一样能结识那么多现在听来如雷贯耳的画家。

从这个角度来看，写作无疑也在丰富着"现代性"，而且在关于"现代性"的言论中，不断有人加入这个行列，如保罗·索鲁在《旅行之道》里说的那样："你可以加入那些永不停步的旅人的行列，永远不到站，而且不认为自己应该到达。"这个描述和我想象中现代人的样子已经很接近了，他们已经能很好地面对这份忧郁，接受那种剧烈的变动了——不管忧郁在未来会被什么取代。"永不停步，永远不到站"说的就是人在一幅现代图景中的姿态。

附记二：逃逸与现场

1. 逃逸

吉尔·德勒兹在《对话》里写道："逃逸线上有某种魔鬼般的或凶恶的东西。魔鬼之所以有别于神，乃因为神具有属性、特性和固定功能、界域和编码：它们与沟裂、界标和土地测量打交道。魔鬼的本义就是跳跃间隔，而且从一个间隔跳到另一间隔。"这个说法很容易让人错误地"相信逃逸线在于逃避生命；向想象界或艺术逃逸"。吉尔·德勒兹就这个问题写了一大篇文章。

我试着总结自己的理解。逃逸发自本心，带着少许莽撞，还有几分勇敢离开"现场"的感情色彩，是积极的，也就是德勒兹所谓"生产实在界、创造生命、找到武器"。

逃逸的理想结果，更接近埃利亚斯·卡内蒂在《人的疆域》里说的那种自由："人总有逃离的愿望，可是要去的远方未知而没有边界，我们称这种愿望为自由。"

逃离看上去是一种被迫无奈的选择，未必能找到"未知而没有边界"的自由，艺术家似乎可以依靠逃逸和过去所代表的陈旧系统拉开距离。这种距离，好像也不仅是客观不客观的问题。

最重要的是，逃逸没有和"过去"决裂，而是在过去的基础上不断生成一种新的类似视角的东西。

2. 距离

人为什么热衷旅行？在一个地方待久了，人就会产生厌倦，或者说人在心里自然而然地产生了埃利亚斯·卡内蒂说的那种愿望。看到新闻里那些堵在高速路上寸步难行的人，也许我们就懂了这种愿望有多么强烈——哪怕堵在路上，也算是实现了"自由"。

没人否认旅行的目的是看世界。这个"世界"不是通常说的那个更大的概念。"世界"具体指的就是不同于身边的环境，或者说与之相对的内心变化。它们都离不开局限。与此同时，"世界"这个词也引起了很多想象，根本上来说，它意味着和生活的距离——即使堵在路上，也和自己生活的地方拉开了距离。这样人们似乎也得到了一些满足。

除了旅行，人们的另一项爱好可能就是拍照了，或者说人们热爱随时随地用相机记录一切。

过去，我们靠语言描述去过某地，见过某人，发生过某事。现在省事多了，大家习惯看照片。摄影一开始就把"世界"摆到了远处，照片也总带有区别于肉眼的距离感。在摄影快速发展的今天，拍摄好像不是为了记住，而是为了忘记——它们的出现，就意味着现在这个场景即将被装进一个叫"过去"的保险箱里存起来，就如我曾偶然在一个视频节目里看到的一个结论：拍摄是对现在的否认。

从摄影到电影，技术大发展，其实道理是一样的。我还记得卡尔维诺说过："电影是一种逃避，大家常这么说,不乏指责意味,而这一点在那时正是我所需要的,满足我对异乡的向往、将注意力放到另一个空间去的渴望,我想这个需求主要与想要融入世界有关,是每一个成长过程不可少的阶段。"

想一想,也许"否认现在"的说法的确可以解释得通。至少,那个感觉是真实的。而艺术家就是靠积累这些一点点的体会,最后创作出那些伟大的作品。伟大的作品也无一不是与现实拉开距离的——不是客观不客观的问题,而是脱离现在可以产生一种无形的力量。

以现在流行的手机拍照为例,德国导演维姆·文德斯曾指出:"这些拍摄行为相当于新活动,它看起来像摄影,但实际上不是,我正在寻找一个新词语来描述它。"(《维姆·文德斯 宝丽来电影笔记:即时影像》)

摄影上的光学变焦、数码变焦,都是围绕着距离做文章,技术在解决一些远距离抓拍物体细节问题的同时,也让摄影逐渐失去了现场的力量。

我们不可以既拍照,又享受那个时刻吗?

可能有点困难。我们害怕错过,所以来到一个地方就马上会下意识地掏出手机。变幻莫测的生活,已经沾染了"现代性"的易逝感,它促使我们不再像前人那么相信记忆。事实上,当我们放下手机,那个时刻早已被错过,可我们不会这么认为。朋友圈里的一张张旅行图片,就说明我们在宣告逃离成功。

这就是科技的两面性,艺术可能更加感性一些,没那么追求直观上的进步,艺术在乎感受。

阿兰·德波顿在《旅行的艺术》里说:"我曾在这里,我看见了它,它对我很重要。"这点非常重要。无论走到哪里，想到什么，都会回到这个道理上来——这本书写的是旅行吗？里面没有描述太多风景；也不能说它是为了解释艺术，顶多是作者带着某些知识在看。它更像在讲一个影响的过程，"我们就像这样一个人，有一个词语在他耳边已经被提及多次，但是只有他体会到这个词语的含义时，他才开始倾听到它。我们探寻美的旅程也是这样；我们想要从哪里开始艺术之旅，艺术作品就从哪里开始潜移默化地影响我们"。

3. 现场

2003 年，我所在的小城里有一群诗歌爱好者创办了一个叫"现场"的网上论坛，风风火火几年后，它就随着网站收费而关闭了。2007 年之后，大部分有名的文学论坛也不复存在了。但网上论坛作为一个"现场"曾聚集着一批写作者。

"现场"消失了，没有证据保留下来。那些作者还不是逃逸者，不是逃离者，因为再也打不开网站，让他们无法证明自己曾经"在场"。

逃逸要求"不在场"。论坛时代留下了什么作品不重要。网络时代的特征是动荡、短暂、即时、直接、混乱。我在网络上搜索"过去"时，大部分时候都摸不清心头萦绕的是哪种感觉。一场史无前例、豕突狼奔的逃逸发生时，很多人都只能愣在键盘前，手指悬在半空……

一个学音乐的朋友曾给我讲过 1952 年一次钢琴演奏会的现场。美国音乐家约翰·凯奇创作的曲目《4 分 33 秒》第一次演出，从此诞生了 20 世纪最具争议的音乐作品之一。谁也没有想到，钢琴家西装笔挺，走上舞台，一组常规的准备动作后，坐在琴凳上再也没动，持续了整整4分33秒。在这个过程里，手指连琴键都没碰一下，然后他站起来宣布：演奏结束。

我之所以回想起这个现场，就是因为现场什么也没有发生，这很像中国的一句老话："此时无声胜有声。"在那个现场，音乐家、艺术家、音乐会、艺术场地、电影院，包括台下的人，是听众，也是观众，是欣赏者，更是见证者。一场艺术表演就这样发生了。

所以，艺术重要的作用是给人启迪，让人意识到改变。乔治·斯坦纳有句话说得好："焚书的人知道他们在做什么。艺术家是不可控制的力量：自凡·高以来，西方的眼睛看见松柏，无不注意到树梢上面冒出的烟火。"（《语言与沉默：论语言、文学与非人道》）

艺术家的危险之处，在于不想局限在过去，甚至对当下也不满意，他们更乐于从身处的这个现场逃走（至于去哪里，可能他们一时也未必清楚）。好像只要这样，他们的作品就获得了"自由"，才有可能发出某种真实之声。

4. 相信

"现代艺术的定义是1932年8月11日由皮埃尔·吉亚尔作出的。皮埃尔·吉亚尔曾经学过理科；他的职业是工程师。他突然冲向米勒的《晚祷》。他用刀子在油画上捅了数刀。他被保管员们制伏。在他被卢浮宫的保管员们带去的那个警察局里，他宣称：'至少人们将会谈到我.'"不知《游荡的影子》里的这段描述是真是假，但我选择相信法国作家帕斯卡·基尼亚尔的结论："……对先于自己的时代的不信任，对过去的消除，这些就是进步的理论。"

进步就是一场成功的逃逸，让人产生幻觉，似乎生活在"陈述"之外。陈述是诉说，艺术是惊讶。当代艺术就是解构之前艺术的观念，在看不见摸不着的一刻，那堵"墙"倒了。"在自我消失的同时，这个快速使一切都倒下。"（《游荡的影子》）

1952年9月9日，托马斯·曼在奥地利的一次演讲中提出"艺术家和艺术：这完全是两码事。在艺术和艺术本质的神奇的、唯一的、不充分的、几乎无法辨认的现象个案之间存在着一种天壤之别，而艺术家自身就是这个个案"。

托马斯·曼分析了原因，每件艺术习作都意味着让有限个人和个性崭新地、就其本身而言已是非常艺术地去适应艺术。而且个体在取得了成绩、获得了承认之后，甚至在和陌生的大师进行比较的时候，都可以问自己，怎样才能把我对于那些东西的适应与妥协一股脑地说出来？

这引发了"相信艺术，还是相信艺术家"的问题。假设艺术家说的故事全是真的，那么其创作出来的艺术就是"真实的扩散"。相对来说，艺术出现在观者眼前，明暗、线条、色彩、体积、透视、笔调、影调等都是真实可感的。到了最理想的状态，艺术家就隐藏了起来，观者就只能面对一件艺术品了。不好的现象是，大部分人面对作品没话，他们觉得它已经"死"了。艺术家是活的，观者对艺术家的感情大于对艺术的感受，人比物，类似于情感比理智，更有利于表达。从传播价值来说，艺术家作为一个特别的人，对艺术的兴趣要远超大众。

5. 作品本身

《游隼》里有句话："最难看见的，往往是那些最真实的事。"作者J. A. 贝克追寻一只游隼整整十年，是不是也是一次行为艺术表演？由于人类环境的变化，人对自然的关注超过以往任何时期。现在，走入自然，似乎是一条净化心灵的途径。事实上，对大部分人而言，要走入自然，光想想就已经困难重重。

在现实生活里，谁抓得住贝克这样的人？他太快了，在这本书里每次都比游隼更准时到场："每年冬季，都有至少两只游隼在这一带逗留，有时甚至有三四只。这条河谷与它东边的河口分别都有十英里长，它们连在一起形成的这片绵长而狭窄的区域，就是我观测的中心区，我总能在这儿发现至少一只游隼。"

如果仅仅是记录眼前，那和各种鸟类书籍上出现的图片没什么不同，恐怕就又变成一个单调的"真实世界"。最难看见的，不是这些。

"我描述的每一件事都发生在观测当下，但我并不认为忠实的观察和记录就足够了。观测者的情感与行为也同样是重要的数据，我必如实记载。"

"当下"这种现场，除了所见，更重要的是与之配套的想象，由现实激起的想象是组成一个"更大的真实"的有机部分。更大的真实，包括人们通常说的真实和基于想象的（情感）真实（真实不是一个局限的概念，尤其在现代主义的文本中，更是一个结构性的补充。想象的真实，是对我们一时间无法抵达的那个更大的真实世界的补充）。

《游隼》这本书写的是什么？作者说是"关于一个人，渴望成为人以外的存在"。对于多数人，游隼的世界，就是一个与现实无关的世界，它存在，的确又与我们相隔遥远。我们以贝克的书为途径，去到那个世界。可能是自身缺陷（据说，贝克有高度近视，很小就戴上厚镜片，因为视力问题在二战时免服兵役），促使他在《缘起》部分写道："我一直渴望成为外在的世界的一部分，到最外面去，站到所有事物的边缘……"

作者身处的现实，使得他成了一个漫游在野外的鸟类观察家，他的生活的确充满了故事性。事实上，除了零星记录，我们对贝克追寻游隼之外的生活一无所知。他和所有伟大作家一样，甚至更甚，"他自己在书中的现身也显得十分谨慎，谨慎得近乎偏执"。评论者罗伯特·麦克法伦说："我们不知道他晚上睡在哪儿，或者可能的话，回谁家过夜……"

其实，一无所知和太多理解在本质上没有什么不同。如果把这本书视作一场艺术记录，这一件大地艺术作品的主题便是："游隼就是他的一切。"

贝克和游隼，就是这件作品本身。

6. 远离现实

阿尔贝·加缪在《荒谬的墙》里认为"人在各个阶

段感受到的'焦虑',是唯一的真相",又说"焦虑对于在这个世界上迷失方向的人和他的消遣来说,是一种短暂的恐惧"。

请注意"短暂"这个词语。也就是说恐惧不会持续太久,恐惧过后,荒谬的人继续身处自我与外界、短暂与永恒等矛盾之中。因此,我很喜欢《乌托邦年代》里的这句:"立足于现实,再一点点远离现实。"

离真实越近,往往越看不清晰。人会被眼前的真实绑架,那一刻真实就已经逃走了。虚构中令人相信的是"现场"之外的感受。可以说,大部分由真实事件改编的电影都要把荒谬的部分改造一番。

对于完整的人生而言,人在各个阶段的经历都是支离破碎的。时间不断被截断,留下空虚,又消逝得如此迅疾。一部电影的做法是减少那些也许是真实的,但无益于观众理解的不必要的情节。主观的截取会改变"更大的真实"。摄影也一样,一个片段永远无法代表一个事件,摄影可以保留一部分,但现场还发生着其他事——留给艺术家的,就是这部分"逃逸"的东西。

不仅艺术家逃逸,艺术本身也一样。进一步解释就是,新艺术的开端不都是艺术家明确引导的,也存在很多偶然。

让人觉得荒谬的一个事实是,大部分人解释不了生活,他们人生的大部分时间连自身都解释不了。按这个说法,解释电影或者艺术也不太可能。因此,在艺术面前,相信与怀疑同等重要。如同笛卡尔《第一哲学沉思集》里写的:"首先,我会在脑中回忆哪些事物是我因为曾经通过感官感觉到而认为是真的,以及我的信任是建立在怎样的基础之上；而后我会分析那些使我对此产生怀疑的原因，最终，才会考虑现在的我应该相信什么。"

对于艺术家来说，相信哪种就会生成不同形式的"逃逸路线"。1673年，法国教士朗塞与红衣主教莱兹的通信中有这样一句话："一切都在以可怕的速度快速逃走。"（我怀疑"决定性瞬间"一语也出现在同一封信中。事实上，摄影师卡蒂埃–布列松说过，这个影响摄影艺术发展的名词确实出自莱兹。）

不论逃到哪里，艺术家总会期待某个瞬间："……就在这一瞬间，夜凉如水，彻底淹没了我们，他也迅速褪去了一身的野蛮与凶残，好似将之全部交付给了黑夜。他那巨大的眼睛凝视着我的眼睛，我朝他晃动手臂，他也目不转睛，仿佛这双眼睛看见了某种我以外的东西，某种足以令他们无法移开的东西。"

《游隼》结尾这部分很妙，当"他"在文字里，变成一只埃塞克斯的鹰（完全具有人的意识，作者描写"他"的方式也几乎像是在写一个伙伴），生活有没有可能变成某种足以令艺术家热烈天真的眼神无法移开的东西？

过去：事实角度

艺术表现得最多的是过去，而非当下。虽然艺术家们爱强调当下，但谁都知道它是一个时刻消失着的概念。当我们意识到它时，当下已成过去。J. H. 普勒姆在《过去之死》里指出："过去是滥用程度最高的一个概念。过去暗藏意图、意在控制个人，为了说明什么而存在。所以，有的过去应该死去，人对过去抱有类似对真实的那种古老的情感。"

至今，很多当代艺术依旧在翻着花样，用各种新媒体表现过去。造成这种现象最直接的原因，和"过去"本身无关，而是源于人们对真实的情感。

作家蒙田在《论阅历》里说过一个有趣的现象："我记忆中的事一遇到有人反驳，就使我心头一惊，不敢在重大事件上相信记忆，也不敢在别人的事上为记忆保证。"这种记忆与真实发生出入的感觉，就常被艺术家加以利用，创作成作品，如徐冰的《天书》是不是在和我们印象中的字体对抗？绘画在某方面更依赖记忆的投射，所以不少绘画的创新，都是拿记忆前后的落差给观众造成惊奇感。

就是说，记忆有时会反过来影响人对现实的认识，让人恍然如梦，或者让人怀疑事情也许不是这样，而是另一种样子。在我看来，电影《阿玛柯德》（1973）就是一个好例子。它给人带来的不仅仅是表面的惊奇，而是一种记忆深处的忧伤。它会让我们想到自己的童年。

导演费里尼生于1920年。这部电影的故事背景设定在1930年代，地点是意大利海边小镇的一户普通人家里，主人公是十几岁的小男孩蒂塔。这些场景好像都对应着费里尼真实的童年生活，于是人们看电影时，不知不觉带入了一种自己关于童年的情感——不仅是我们感动于在时代洪流下，有人可以把已经过去的单纯的生活记忆如此生动地保存下来，连导演本人也有这样的感慨："在那片刻你糊涂了，好像什么也没看见，但过了一会儿，又隐约记起曾经发生过某件事，看到过某个东西，而你有点失神，犹豫地要寻找它：那是什么？从哪儿来的？"（费里尼《我是说谎者》）

如果存在"客观"历史的话，前提应该是不附着太多个人感情的。人们早已习惯将"客观"历史视为一种简单而扁平的"真实"，忍受它的枯燥、重复和冰冷。个人史天然就有趣、热烈得多，只是我们过去似乎很少把个人当回事——我们会认为，自己只是普通人，普通人的生活有什么意思？但真的是这样吗？

《阿玛柯德》里这一家人好像也没什么大人物：胆小

的普通工人父亲、脾气不太好的家庭主妇母亲、顽皮的小弟,还有一个游手好闲的舅舅。电影前半部分也都是小镇上各种平凡人的生活片段——理发店内的各种玩笑、焚烧老巫婆的狂欢仪式、教室里捉弄老师的恶作剧、年轻人因手淫而去教堂忏悔、疯子舅舅爬上树喊着我要一个女人、下雪时对路人随意丢雪球,当然还有那个没有名字的人始终骑着摩托车在镇上来来回回……

我个人印象最深的是电影 22 分 52 秒处,有一个外号叫"灰泥"的年迈建筑工人在海滩的工地上,在一群年纪各异,但生活和自己并无太多区别的建筑工人之间,朗诵的那首诗——

我祖父做砖头,/ 我父亲做砖头 / 我也做砖头 / 可我的房子在哪里?
平凡人的生活就是这样,周而复始。

这部影片的魅力在于真实,或者说让我们觉得像事实,像过去发生过的。《阿玛柯德》里的快乐,来自小时候的纯真(费里尼强调"纯真的人可以从别人那儿学到东西,这是浅显的道理")。令人悲伤是,生活的浪潮还是把纯真冲散了,人们好像不仅没有学到什么,还对这种状态不自知。如费里尼的自传《我,费里尼:口述自传》里的一句话:"疲乏的目光被点醒了,添了新的敏感度,才发现原来你每天都是过着视而不见的日子……"

小人物生活的动力,在电影里反而容易转化成一种真实、大胆的对性的幻想。女神葛拉迪丝卡、海边荡妇、烟草店胖女人,都让镇上的男孩们激动不已。不少人为葛拉迪丝卡发狂，甚至愿意为她去死，主人公蒂塔也不例外。

基于这些疯狂的青春期记忆，直到电影结尾，葛拉迪丝卡出嫁时，观众才能理解主人公的心情。经过与父亲的对抗、对性的迷狂、母亲的去世，在1小时57分40秒至58分11秒时，蒂塔独自走上堤岸，随手抓住了一片柳絮。电影结束之际，尘菌（我觉得像柳絮）再次出现，小镇人在柳絮飞扬的黄昏中，三三两两，各自回家。

葛拉迪丝卡代表着一种对"过去"的狂热，类似电影开场镜头黄绿影调之中的漫天柳絮，是一种无法抓住又易于流逝的情感。

简单的婚礼散了场，镜头从载走葛拉迪丝卡的汽车远去的路上，摇回一片狼藉的现场。

这时，忽然传来了一个画外音："蒂塔在哪儿？"

费里尼通过一个我们并不知道姓名的人——也许只是随便一个小镇市民的话，告诉了我们一个事实："蒂塔早些时候就离开了。"最后一句对白，伴随着孩子们的私语（他们商量着去海边钓鱼）。一切都慢慢平静下来……

整部电影一直是随着蒂塔对葛拉迪丝卡的情感变化而发展的。从早期的懵懂到后来的狂热，再到最后那句："再见，葛拉迪丝卡！"它的意思其实是"再见，青春"。可是几乎没人在意蒂塔的青春就这样结束了。

传说许多年后（也可能是后人编造的），费里尼本人为了找"葛拉迪丝卡"，还去过平时很少有人去的可马斯科牧场。他得知这个美丽的女人嫁到了那里，但打听一圈，却没人知道。在他即将离开时，偶然看见了一个老妇人在菜园里晒衣服。那也是一个空中飘满柳絮的日子。他靠近老妇人时,后者正沉浸在和煦的阳光中。

"请问葛拉迪丝卡还住在这儿吗?"

老妇人吓了一跳:"你找她干吗?"

"我是她以前的一个老朋友。"

"我就是葛拉迪丝卡。我嫁到这边很久了,但你是谁?"

老妇人盯着他看,他也看着对方。眼前这个60多岁的葛拉迪丝卡显然不再是那个让年轻人神魂颠倒的风韵少妇,她也完全不记得这个男孩。可是话又说回来,当年小镇上爱慕她的男孩那么多,她怎么可能都记住呢?

成长带来了一种对时间流逝的确认,也催生了一种残忍的"撕裂",当"过去"成了不真实的记忆,主人公蒂塔当然会被遗忘。我觉得,《阿玛柯德》还不只是一部写蒂塔成长的片子,它的特点不是自传性的(很多电影都带有导演的个人色彩)。理解它的关键,在于接受成长是人生的一部分,人生还将继续下去。我们对过去的特殊情感,并不会改变什么,这就是事实。

事实和真实是有区别的。有时候,真实和实际发生没有必然联系,更多是在表示一种感受、一种判断。举例来说,社会上的奇闻轶事时常因为逻辑矛盾、情节离奇而变得不真实。世界之大,无奇不有。在没法确定它是不是一定没有发生过的前提下,不影响我们先认为它不真实。

《过去之死》中有这样一个说法:"所谓事实,可以是道德事实、神学事实,乃至审美事实,而不仅仅是实存的事实。在有历史记载的大多数时间当中,大多数人和大多数史学家所关切的东西，恐怕都远远超越了单纯存在的事实。"话这么说，道理也对，但我更倾向于认为，事实即发生过的事，各种事实也都是在这个基础上生成的。

*　　*　　*

1956年冬，一个病人从瑞士东北部海滨城市黑里绍的一所精神病院逃跑了。没过多久，小城靠近阿尔卑斯山脉一侧的田野里就铺满了雪。几个雪中游戏的孩子被一具尸体绊倒。警察赶来后，给死者拍了照。照片上的人"右手捂着胸口，然后一动不动……左臂横放在迅速冷却的身体边。左手攥得有点紧，仿佛想用鱼际（手掌外侧，大拇指下方突出的肌肉群）将那突如其来的短暂的痛苦，像豹子一样跃到他身上的痛苦捏碎。帽子躺在上方离他稍远一点的地方，头微微斜向一边……嘴是张开着的；仿佛纯净凉爽的冬天空气仍在他身上流动"（卡尔·泽利希《与瓦尔泽一起散步》）。

死去的人就是瑞士作家罗伯特·瓦尔泽。关于他死去的原因，有说他是在散步时心脏病发，也有说他是被冻死的。《与瓦尔泽一起散步》中描述出来的瓦尔泽之死，就是一个事实。

上述事件让我想到希区柯克一部不出名的电影《怪尸记》。原因有几个，其中一个是这部电影上映于罗伯特·瓦尔泽死前一年，也就是1955年，巧的是故事也从几个孩子游戏时发现一具尸体开始展开（只不过电影里的故事发生在秋天）。它是希区柯克的作品中一部少见的、没有惊悚只有悬念的电影。因为电影一开始人就死了，我们不用猜凶手是谁，小男孩的妈妈珍妮弗特别紧张，以为自己杀了人，接下来就看她如何应对事件的发展了。

我对这部电影的印象很深，电影的悬念建立在35分29秒之后的一段对话上——

> 小男孩阿尼问忽然来做客的山姆："怎么以前没见过你来我家？"
> 山姆笑说："我以前不知道你有个美丽的妈妈，或许我明天还来。"
> 小男孩又问："什么时候呢？"
> 山姆强调说："明天。"
> 小男孩指出："那是昨天，今天是明天。"
> 山姆一头雾水，小男孩接着问："昨天什么时候是明天啊？"
> 山姆想了一会儿，说："今天？"
> 小男孩有些失望地说："哦，当然是昨天。"

对话一直延续到36分16秒，结束于小男孩妈妈珍妮弗的一句话："你永远搞不懂阿尼，他有自己的时间观。"

当警察去小男孩阿尼家调查时，那个奇特的时间观派上了用场——珍妮弗想到让阿尼在明天再发现一次尸体！因为对阿尼来说，明天就是昨天。

导演玩了一个时间错乱的游戏，最后当所有人都以为大家暴露了的时候，电影给出的"事实"（电影里的事实，已经不是我们通常说的事实，它是被艺术加工过的），和之前提到的作家瓦尔泽的死因很像：那个人死于心脏病！然后，大家虚惊一场。观众也长出一口气。

很明显那个纠缠珍妮弗的男人确实死在了山坡上，并且珍妮弗和其他几个人在某段时间里都以为自己是凶手，企图掩盖内心的恐惧而埋掉尸体……导演希区柯克巧妙地利用这些"事实"，制造了一场艺术上的真实：电影里所有人都绷紧神经，恐惧害怕的感受好像是实实在在的。观众通过眼睛，确认这就是已经过去的一切。

附记：过去驻足不去，未来不来

先说两个故事，一个故事关于德国剧作家布莱希特。据说他曾和两个剧作家合作写过一个电影剧本，讲述失业者自杀的故事。当局审查认为，如果把工人写成一个独特、有血有肉、充满人情味的性格人物，就可以通过。布莱希特偏偏把这个人物写成了一个"没有个性的人"。这就麻烦了。自杀是有可能阻止的个人行为，而一个阶层的命运似乎无法阻拦。也就是因为布莱希特不肯修改，最终这个剧本也没能拍成电影。

另一个故事说的是法国哲学家米歇尔·塞尔。他是福柯和德里达的朋友。这个人平时喜欢自己划船出海。某个清晨，他划船从法国小城波尔多去到一片马尾藻聚集的海域。受洋流的影响，他眼前的百余公顷海面上密布着从天涯海角吹来的漂流瓶，十分壮观。每个瓶中都装有字条和石子。可是船划了一会儿，就被海藻和海草缠住了，一场事故即将发生。危急关头，塞尔赶紧用绳子把身边的瓶子捆成一个筏子，最终逃离险境。

救命的是没有任何"崇高意义"的"实用性"，也就是说，救命的是这些瓶子本身，而不是瓶中信代表的崇高意义。在米歇尔·塞尔这个故事里，漂流瓶本是用来寄托想念的。当过去的思考方式，遇到眼前的现实问题时，要怎么做呢？

* * *

伯格曼的电影《野草莓》里有句台词："你知道太多，却不知道任何东西。"这也是金克木老先生说"书读完了"的道理。不是真的读完了，只是找到了新的角度。现在，我们接受的东西越来越多，理解却远跟不上没那么多书可看的古人，原因就在这里。明知道社会变了，却还按着不变的想法去生活，包括读书。

我记得前述米歇尔·塞尔有个特别的观点：文明的前提是肮脏。

这个说法从卢梭那儿来，卢梭认为"谁第一个把一块土地圈起来并想到说：这是我的，而且找到一些头脑十分简单的人居然相信了他的话，谁就是文明社会的真正奠基者"。这些人如何圈地呢？他们对着那块地撒尿，"弄脏它"。

这是读书的收获，也让我警醒。

下面这几本书都是我读过且有体会的，我不评价它们，只是说说可以怎么变着方式去理解。

过去：事实角度

最早，我也是偷偷读劳伦斯的《查泰莱夫人的情人》的。后来我发现不对：这本质上是写了一段失败的爱情啊！又过了很多年，配合着电影《西线无战事》的背景，再看这本小说，我才注意到这种感情源自一段残酷的历史：在第一次世界大战结束后的生活中，查泰莱夫人学会了应付一切，当然也包括自己的欲望。这种欲望，不仅是对情人的放纵，更是她对丈夫之爱的渴望。小说里这样描写："大灾大难已经发生，我们身陷废墟，开始在瓦砾中搭建自己新的小窝，给自己一点新的小小期盼。这可是一项艰难的工作：没有坦途通向未来，但我们东绕西绕，或者翻越障碍前行，不管天塌下几重，我们还得活下去才是。"现实摆在那里，人能不能有欲望？欲望如何处理？所以，这本小说写的是压抑、释放，是失落、失望。

关于现实，我在卡利耶尔《乌托邦的年代》里看到过一段写"超现实主义"发起人布勒东的话。说是有次布勒东见到西班牙导演布努埃尔时忽然哭了，布努埃尔问他为什么哭；他说，因为如今再也没法惊世骇俗了。

查泰莱夫人所处的现实，难道不可以超越吗？1968年后，"超现实主义"被不同地区的人利用，成了一种口号。"发生的一切难道真是我们的责任吗？"布勒东他们都没有意识到超越现实后要去哪里，"只凭借理念，从文字中行动"。布勒东的眼泪，意味着他们"超越"后的迷失。

* * *

我对肖斯塔科维奇的那个时代很好奇,于是读了作家朱利安·巴恩斯的《时间的噪音》。书名"时间"指的是音乐家肖斯塔科维奇从1937年到1975年去世为止的那段生活;"噪音"就是生活中无孔不入的政治力量——那时,内务部的人经常在午夜抓人,很多人都被抓了。30多岁的肖斯塔科维奇每晚都保持衣装整齐,手提行李箱,站在电梯前等待被捕。如果没有,他就回家写音乐。他的生活里每天都重复上演这一幕。巴恩斯抓住了一个令人动容的形象,音乐家怯懦的一生与一股巨大的现实力量形成多么讽刺的对比。

虽然马尔克斯和波拉尼奥写的故事都与那个政治化的、有些动荡的社会有关,但对于喜欢拉美文学的人来说,拉丁美洲的现实是马尔克斯式的。我属于完全不信任小说家的人,不能期待小说反映历史,如同不能期待历史写得完全真实。

无论是《荒野侦探》还是《遥远的星辰》,波拉尼奥的故事都和诗人有关。《遥远的星辰》的主人公去追踪先锋派诗人维德尔,最后维德尔消失了。网上看到读者感慨,又是一本关于消失的书!我就想起书里的那句话:"我点了根烟,开始想些无关紧要的问题。比如时间,地球变暖,越来越遥远的星辰。"

很多人形容过写作。波拉尼奥说:"写作一词正是等待一词的绝对反义词。不想等待,就去写作。嗯,我很可能也错了——写作也有可能是另一种形式的等待,或拖延。"虽然他很早开始写作,但等待、拖延的结果,最后也是消失。《荒野侦探》写的也是两个诗人去找一个失踪诗人,第三个人(一个迷失在墨西哥的墨西哥人)又去找那两个失踪诗人的故事。《遥远的星辰》和《荒野侦探》里都是捕风捉影的故事、疯狂滋长的废话,还有无尽感伤的碎片。

和这两本小说一起出现的,还有一个记忆——

在同一家书店,我曾翻到过一本书叫《看电影的人》。美国作家沃克·珀西用理论书的名字,写了一个爱看电影的小职员的故事。想想也有道理。这本书里提到的关于自省、关于对时光流逝的对抗等沉重话题,都没有答案,"大多数人都没有可以交谈的对象,没有一个真正愿意倾听的人"。金克木老先生在文章《八股新论》里说过:"文章都是一种对话。"

没有对象,僵死的,就不是故事了。反正,往事都写在书里,故事被反复讲述,就如同历史发生过但还在发生。宇宙学里有个词叫"事象地平线",指黑洞内部产生的极限(或称动力表层),这里的引力强烈无比,没有任何事物可以逃离,连最高动力的粒子(或光波)都逃离不了。

现实社会可能就会变成这样:在一个注重自我和关注他人的时代,所有标榜自我的人最早失去自我,"集体性质"的个人会比"真正的个体"多,而且越来越难以分辨。我不知道以后的书会怎么讲这个故事。消失,都算好的,在无限的宇宙,人小得什么也不是。最后连人们害怕的"孤独"都会消失。

未来的人通过我们的笔,还能看到一点点历史吗?台湾诗人周梦蝶《孤独国》里的尾声,已经把我们要做什么、能做什么,说得很清楚了。

过去伫(驻)足不去,未来不来
我是"现在"的臣仆,也是帝皇

承诺：词语之声

约翰·伯格在《简洁如照片》里有个关于"承诺"的说法："诗歌给人承诺的说法会让人误解，因为承诺是投射到未来的，而诗歌恰恰主张未来、现在和过去共存。一个现在、过去和未来都能适用的承诺更应称之为确信。"

我们都知道，情感是一种对人本身的确信。一个人相信什么，他就会走向什么，也就是说，情感会带领他。这个问题到了电影《西伯利亚的理发师》（1998）里，也许可以把"一个人"换成"一群人"——他们可以是主人公安德烈·托尔斯泰的军校同学，也可以是外国女孩珍、西伯利亚机械发明家、军校老师等。同时，我们和女主人公一样好奇——男主人公和众所周知那个大作家有什么关系？年轻人安德烈·托尔斯泰和外国女孩珍在列车包厢第一次相遇时，一段关于大作家托尔斯泰的对话也出现了。

在电影的 10 分 2 秒，女人问这个年轻的小伙子看过《安娜·卡列尼娜》吗？年轻人有些羞怯地坐下来，说："不，我也不喜欢。"这是发生在 1885 年的一幕。

现实中与列夫·托尔斯泰有关的另一幕，发生在 1954 年 6 月，一个同样年轻的小伙子，站在电影学院的考场上，激情朗读《战争与和平》的片段，他高喊"托尔斯泰"时，全场响起掌声。

虽然那是一场关于"为什么想当导演"的面试，但不得不说，从这里开始，俄罗斯文学决定了导演安德烈·塔可夫斯基日后拍摄的那些电影的基调。这里多说几句，他是诗人阿尔谢尼伊·塔可夫斯基的儿子，现在很多人称他父亲为老塔可夫斯基。

在我看过的俄罗斯电影里——包括塔可夫斯基的在内，几乎无一例外地出现了相似的意象，比如道路。"道路"寓意遥远与艰难，也蕴含未来与希望。这些都是大部分俄罗斯诗歌（文学）传达出来的。我们可以从这个角度看老塔可夫斯基的一些诗，比如——

> 一条年少时候始终走着的路，
> 无端地悲从心生，黑发的脚步，
> 走成白发的蹒跚，我还能来回走多少路？

* * *

虽然不喜欢作家列夫·托尔斯泰，但《西伯利亚的理发师》中的主人公安德烈·托尔斯泰依然可以在学校快乐地表演歌剧。电影前半部分——准确地说，在1小时32分38秒以前，一切都以他的欢乐为基调展开，出现了热烈的歌舞式表达（这让我想到了库斯图里卡的电影《地下》）。

1小时32分38秒是一个转折点，紧接着发生了几件事。一是军校校长要跟珍求婚，二是安德烈·托尔斯泰恰巧在路上被人找来帮其翻译情诗，三是军校刚毕业的安德烈·托尔斯泰勇敢地向珍表白："当我首次在列车包厢里看见你，我就爱上了你。我将不会再爱上任何人，因为我心里只有你。"之后，男女主人公接触的机会变少。这直接导致了安德烈·托尔斯泰为爱出击，最后被流放西伯利亚。没了语言，最为牵绊人的、充满这部电影后半部分的张力，却拉得更满。现场发生一连串令人吃惊的行为，直到电影尾声，这份听上去同样令人吃惊的感情仍未散去。

我也见识到西伯利亚这个以严肃著称之地的另一面——除了漫长的冬季，还是有长存的友谊、战胜一切的信念。任何电影的核心都在于表现人，一种以爱为信念（或者说承诺）的人才能让观众产生共鸣。安德烈·托尔斯泰和女孩珍的感情可以被认定为信念，他们的感情予人温暖，同时让人思考，以至于画面中的白雪不再寒冷，西伯利亚不再遥远。

电影发展到后半部分，和前面的快乐完全无关。生活就是这样，跨越时间，相爱的男女到最后也没有见面——托尔斯泰望见珍远去的背影，而珍没有见到他。

苏联诗人茨维塔耶娃在《良心之光照亮的艺术》中

写道:"诗人唯一的祈祷是祈祷耳聋。"

假如诗人笔下词语的声音不能关乎真实,诗就成了现实的傀儡,这个声音就毫无价值。失去语言庇护的时刻,人心深处的感情也许会变得更真实。《西伯利亚的理发师》描述了主人公从每次见面到表白,到被流放西伯利亚,再到"西伯利亚的理发师"(伐木机)抵达西伯利亚,最后他们再未见面。这些情节中透露出了一种信任感,也构成了《西伯利亚的理发师》的真实。

* * *

我第一次接触曼德尔施塔姆的诗是"我希望说出的词,已经被我遗忘"。随着阅读增多,我慢慢觉得曼德尔施塔姆的一生之所以不会被遗忘,恰恰也是因为那些时时刻刻抵抗着记忆的词语。

诗集《黄金在天上舞蹈》中,处处存在着这样的例子——

> 失明的燕子将回到影子的官殿,
> 扑闪剪子的翅膀,与透明的影子嬉戏。
> 在失忆的状态中,一支夜歌响起。

曼德尔施塔姆生于1891年,小时候随家人从华沙移居圣彼得堡,母亲是音乐老师。曼德尔施塔姆和帕斯捷尔纳克有着相似的童年记忆。他对词语的态度也和音乐有关,他认为:"词语的终端,便是音乐。"他的诗歌里时常出现"音乐",不仅是名词或演奏者形象,还有词语的节奏,当然因为翻译的问题(据说他的很多诗都是古典诗)很多节奏已经不在了,但还是可以通过文字,想象句子原本散发出的气息(音乐其实也是一种变形的声音)。在他的诗中,可以轻易找到"音乐"的影子——

> 而黄铜月亮升起
> 在傍晚的森林上空;
> 为什么音乐如此稀少,
> 为什么如此安静?
>
> ——《呼吸急促的树叶》

> 对于我来说,母语
> 比意大利歌曲更加甜蜜,
> 因为,异国竖琴的源泉
> 在其中秘密地咿呀学语。
>
> ——《幽灵的舞台微光闪烁》

> 清晨开始的平静,疲倦的冗长;
> 牧场上的犍牛,金色的懒惰
> 从芦管中奏出整个音调的丰富。
>
> ——《黄莺在树林啼啭》

> 声音是什么?第十六个节拍,
> 管风琴多音阶的呼声——
> 不过是你的牢骚话,
> 哦,固执己见的老人!

> 一名路德教的传播者
> 在黑色的讲坛上，
> 把她的声音与你的声音
> 混合，你这愤怒的对话者！

——《巴赫》

众所周知，曼德尔施塔姆也被流放到卡马河上游的小城。1934年，他在那里自杀未遂，摔断了肩胛骨，带伤继续流放；1937年，他从沃罗涅日返回莫斯科；1938年5月，再次被抓，这次他死在了去西伯利亚的路上。他的诗被毁掉了，而他妻子娜杰日达·曼德尔施塔姆一直不知道丈夫死了。她在漫长的等待中，一字不差地，把他的诗全部背诵了下来——没有比记忆更可靠的保存方式。

人们还有机会谈曼德尔施塔姆的诗，更应感谢他的妻子。在莫斯科郊外的无数个晚上，娜杰日达·曼德尔施塔姆都沉湎于回忆。在《曼德尔施塔姆夫人回忆录》（也译作《曼德施塔姆夫人回忆录》）里，曼德尔施塔姆没有被神化成大师，他就是一个丈夫，或者说一个人。娜杰日达就像谈论一个邻居一样谈起了这个人。

曼德尔施塔姆那四年的经历，告诉我们那个时代发生过什么。高加索地区、莫斯科、克里米亚地区、卡马河上游的切尔登、俄罗斯中部的沃罗涅日高地、西伯利亚东部……这些距他们的家越来越远的地方，整日响着呼呼的风声，到了曼德尔施塔姆的句子里，变成了这样——

> 他说："你已拥有足够多的和谐，

承诺：词语之声

你爱莫扎特也没有用；
蜘蛛的聋已控制了我们，
深渊的吸力胜过我们的力量。"

——《拉马克》

这场跋涉，除了明确而具体的距离，还给曼德尔施塔姆夫人的精神带来了磨难——感觉很漫长，实际只有四年：丈夫从1934年首次被捕到1938年死亡……类似的分别感受在《西伯利亚的理发师》的后半部分也出现了。

不可避免，又必须向前，电影使用了特殊的手段来处理时间，把"流放"设置成一段爱情的时代背景，也成了一种情感的锤炼。和女主人公珍类似，曼德尔施塔姆夫人后半生的大部分时间都在等待。难以想象娜杰日达在什么样的心情下写完了回忆录。《西伯利亚的理发师》以回忆开场，电影开篇2分11秒，出现了一封署名为"亲爱的安德烈"的信。这封信穿越二十年，从1885年到1905年，从芝加哥到俄罗斯。

看电影时，我不禁想到诗人曼德尔施塔姆夫妇，他们相识于1919年5月内战时期。在一场狂欢过后，曼德尔施塔姆将娜杰日达带离家门，从此夫妇两人形影不离，直到1938年5月2日，曼德尔施塔姆第二次被捕，半年后娜杰日达获知他死亡的消息。

同样是将近二十年的共同生活，曼德尔施塔姆对妻子的态度从"我"和"你"变成了"我们"。

娜杰日达回忆说："我觉得，他特别不喜欢分离，因为他知道我们命中注定不能长久在一起——他在此生停留的时间太短暂了。"

> 当哭泣的眼睛望向远方,
> 举起道路之忧伤的重负,
> 女人的哭泣混淆于缪斯的歌唱。
>
> ——《忧伤》

虽然经历灾难,面对生活,曼德尔施塔姆的诗还是有着一种强大的生命力,这是那个特殊时代最缺的声音——

> 我热爱我贫瘠的土地,
> 是因为对其他土地视若无睹。

* * *

奥克塔维奥·帕斯的文章《另一个声音》里就提到:"它的声音是'另一个',因为这是激情与幻觉的声音,是这个世界与另一个世界、是古老又是今天的声音,是没有日期的古代的声音……"我觉得,这种声音是一切好诗的共同特征。

帕斯把能否听到"另一个声音"定义成一个标准——"所有的诗人,在这些或长或短,被重复或孤立的时刻,只要真正是诗人,就会听到那'另一个'声音。"

虽然很多人写过帕斯捷尔纳克,但我依然不想忽略他,因为他写出过这样的句子:"我的声音,只有在绝对孤独的时候才能纯粹而清晰地响起。"说简单点,这种声音应该是真正来自切身感受的、什么也无法阻拦的内心之声。

1890年，帕斯捷尔纳克生于俄罗斯一个艺术家庭，母亲就是一个钢琴家，指导他学了六年作曲。他说过"人世间我最喜欢的是音乐"。他放弃音乐的原因，我们不得而知。帕斯捷尔纳克的诗里还留下了很多关于音乐的线索——他在诗里常提及音乐家、音乐作品和作品中的人物，一串名字几乎贯穿音乐史（莫扎特、肖邦、贝多芬、柴可夫斯基、穆索尔斯基、舒曼等）。

音乐也是一种孤独的反射，尤其是古典音乐。孤独催生出帕斯捷尔纳克人生重要的主题之一，就是承受它带来的影响。

从音乐开始，到后来的诗歌，都是如此。1922—1923年，帕斯捷尔纳克带着那些有点"未来派"影子、有点"巴洛克风格"的诗初登文坛，立即引起了批评界的指责，他们认为他最大的问题在于远离现头——这正是帕斯捷尔纳克写诗的原因。来自那个外部世界的真实，与他的内心世界产生了巨大的摩擦，而那种声音又是他无法承受的，像他在自己的诗中所写："诗歌在痛苦中成型，越偶然，就越真实。"至于帕斯捷尔纳克后来完全放弃诗歌的真实原因，他在1924年给父母的信中透露了一些："没有音乐，也不会再有了，或许还会有诗歌，但它也应该不会再有了，因为需要生存，可当代生活却无论如何也不需要它了……"

帕斯捷尔纳克放弃诗歌后的十年里留下一部小说《日瓦戈医生》。作家以赛亚·伯林在他的代表作《个人印象》里记述了这一幕：

> 他兴奋地，把我带进书房，把一个厚厚的信封塞到我手里。"我的书，"他说，"都在这里了。这是我的封笔之作。请指教。"

他希望这部小说传遍世界——更大的世界，超越现实的世界。"用我的语言把人心点燃。"但他没想到1958年的诺贝尔文学奖会落到自己头上，这个消息对他而言是陌生的惊喜。颁奖词里提及："在现代抒情诗和俄罗斯伟大叙事诗传统方面取得的重大成果。"

帕斯捷尔纳克给瑞典皇家科学院回电报时，使用了五个意味深长的词语："感激。激动。光荣。惶恐。惭愧。"

小说人物日瓦戈医生是"一个为自由而战的战士"，他躲在冰封的古堡里，除了写诗，什么也不做。他看到的一切最后变成二十五首诗。这二十五首诗在小说《日瓦戈医生》的第十七章出现，命名为"日瓦戈的诗作"。其中一些句子是这样的：

> 尽管留有闲言碎语
> 那时我们已不存在。
>
> ——《相逢》
>
> 我们的相会是为了分手
> 我们的欢宴是为了留言，
> 让那苦难的暗流
> 温暖生活的冷酷。
>
> ——《土地》

世世代代将走出黑暗

承受我的审判。

——《客西马尼的林园》

在导演大卫·里恩的电影《日瓦戈医生》(1965)里,日瓦戈医生先后爱上了两个女人,一个是青梅竹马冬尼娅,另一个是有夫之妇罗拉。双重的爱使他陷入痛苦和自责中,最终家庭的责任促使他决定与罗拉分手,在与罗拉最后一夜缠绵后,日瓦戈离开罗拉,在回家的途中被红军游击队劫持成为一名军医,命运因此而改变。冬尼娅坚信丈夫会回来,但是她不得不离开小镇。当日瓦戈逃离了游击队,回到家中时,却发现人去屋空。他回到罗拉身边,两人开始新的生活,不久又不得不继续流亡。这样的生活让日瓦戈同意罗拉跟随另一个男人离开。许多年后,日瓦戈在莫斯科街头偶遇一个酷似罗拉的女子,不顾一切地奔上前去,却在那时心脏病突发,瘫倒在地。

他死前最后一幕,就是望着罗拉的背影远去——这与电影《西伯利亚的理发师》中安德烈·托尔斯泰望着珍远去的一幕极其相似。两部相隔三十年的电影,竟在情感上达成了一种和谐。那一刻,安德烈·托尔斯泰也"死"了。一个小人物之死,一个梦想之破灭,对于罗拉、冬尼娅,或者是外国女孩珍都是一样的,她们的信念是爱,她们相信爱,相信唯有爱情长存于寒冷的空气之中。

＊　　＊　　＊

大家关心诗人与诗，像关注艺术家和艺术一样，远远多过关心诗与人的关系。按波兰诗人米沃什的意思："如果诗有性别的话，那一定是女性。"（《路边狗》）似乎诗天然带有柔情的因子。换句话说，我们1980年代的抒情诗很符合米沃什这个定义。至今你去问大部分读者什么是诗，都会牵扯到抒情的问题。我们常说的"朦胧诗"，其实就是诗歌从抒情向象征转移时的收获之一。

有段时间，现代诗歌圈出现了一股反对之声，主要是因为诗人张执浩在《岁末诗章》里提出了"我想抒情，但生活强迫我叙事"。后来出现了一批叙事性质的诗。"生活强迫我叙事"这个观点和时代氛围不无关系。人开始关注自身了，而自身就在这个大的社会发展中。叙事能完全离开抒情吗？叙事看上去要更强硬，但我认为，这只是诗人们发现生活出了某些问题后，唱出了一种温柔的反调而已。

有人说，电影《西伯利亚的理发师》具有一种诗性。我们回过头想想之前关于叙事的讨论，便知道确认一首诗是不是诗，在于它本质上是否抒发出一种强烈的感情。

面对诗，感受，默读，由心出发，随着词语，走入诗人打开的世界。词语的声音，更多时候潜隐在对事物的思考里，正如布罗茨基所说："对一个诗人的作品的反应，应是最后考虑，因为那是诗人的最后考虑。"这个观点适用于本文，从塔可夫斯基到俄罗斯电影，从《西伯利亚的理发师》到《日瓦戈医生》，从帕斯捷尔纳克到曼德尔施塔姆，无一不是从火热的现实走向浪漫诗意，从个人通往更广阔的风雪时代。

回到"道路"这个词——我相信有一种人的命运必然与路途有关,他们像词语一样,在现实里"流放",并且在描绘那种现实时保持着最初的承诺。真正的诗人,走在通往极寒之地的道路上。当我们感受(不仅是听)到他们的声音,在长镜头扫过的风雪之中,在词语组成的诗句里飘扬,那是生命的颂歌,悠远清晰、历古弥新。

在文章的结尾,我想说,让电影归电影,诗歌归诗歌。也许,它们之间偷偷达成过某种承诺:"我们的一切语言常常掩藏一种承认:万物都会消殒,而我们只有见证这一流逝的运动,我们才能保持忠诚,内在于我们的、那抗拒一切记忆的东西便属于这种流逝。"从莫里斯·布朗肖《论友谊》中的这段话,引申出一个真正重要的事实——也许,这只是我的牵强附会,即便我以自己的经验写下了这篇文章,也不代表诗歌就可以解释艺术中隐秘的声音,这只是一种提醒。后来人在接触艺术,或者真的读一首诗时,不要忘记康定斯基的那句话:"艺术对那些不能听的人是哑的。"(《艺术与艺术家论》)

附记:其主之声

鲸鱼死去后,尸体沉入海底,据说一头鲸的尸体,可以供养一套以分解者为主的循环系统长达百年。无数微生物集居在庞大的系统之中,不断循环,又从中诞生新的生命。生物学家称这个现象为"鲸落"。

之前,我在《诗的见证》里看到过米沃什在分析一些诗时,引用了乔治·斯坦纳的话:"这是留名与遗忘的双重性,体现于'艺术长存,人生短暂'这个箴言,以及那句激励我们把名字留在后代记忆中的伟大名言:不会完全死。"

巧的是,米沃什分析的这首诗就叫《自切》,作者是维斯瓦娃·希姆博尔斯卡,写的是海参遇到危险时,身体中间会裂开一个豁口,把自己分成两半,然后逃跑。

这边缘是死亡,那边缘是生命。
这里是绝望,那里是希望。

现在,这个话题里的"鲸落"也沾着点哲学意味,它更像是一个包括了艺术、文学史,以及过去、现在和未来的容器。

《米沃什词典》"DISAPPEARANCE, of people and objects(消失的人和物)"条目中解释:"某一种语言的历史会呈现为一个地方,我们能在此会见我们的先辈,那些一百年前或五百年前用我们的语言写作的人们。诗人约瑟夫·布罗茨基甚至说,他不是为未来的人们写作,而是为取悦那些诗歌先贤的阴魂。"

博尔赫斯就将维吉尔视为荷马声音的延续。伏尔泰说的没错,如果有人认为维吉尔是荷马的"作品",那他势必是荷马最好的作品。还有维吉尔在《埃涅阿斯纪》中对阴间情景的描述为但丁写《地狱篇》提供了丰富的营养。同样,在但丁的作品中,无处不回荡着荷马的吟唱。可以说,荷马、维吉尔、但丁,联手组成了一座诗歌的"鲸落",同时也藐视了时间。

承诺:词语之声

同样在《米沃什词典》"MINDFULNESS（用深心）"的词条下，诗人米沃什还写过一种"互存"现象——"存在"就是"互存"，你不可能独自存在，你得跟其他事物互存。与鲸落类似的，海底也有一种共生现象，说的是一种蠕虫，它与一种共生的海藻混合为一体。这种藻类可以帮助蠕虫消化，直到蠕虫将海藻也都消化掉，并因此而死去。没有海藻，蠕虫就没法消化其他东西了。

保罗·策兰的《埃德加·热内与梦中之梦》里有这样一句话："我应该讲两句关于我在深海里所听到的，那里，有许多沉默，又有许多发生。"（《保罗·策兰诗文选》）我想，策兰指的那些词所延伸出来的观念，都来自昔日众多艺术家组成的"鲸落"，总有一些事情在它的内部发生。它们不是孤立存在的，时刻都在互相作用，可能这个过程会被后人用无数的名称概括，这很像我们过去说的传承、影响。

在我看来，传递和继承好像都有个隐隐的顺序性，是前者和后者的关系？是有一就有二的关系？到底有些说不清。直到在《声音的种子》里读到罗兰·巴特的话，"被传递的东西，并不是一些观念，而是一些言语活动，也就是说，是人们可以以不同的方式填充的一些形式，因此，在我看来，循环概念比影响概念更为准确"，我才敢说，"循环概念"的说法打破了我难以概括的那种限制，不仅准确，而且形象。

现代性带来了信息的多元化，一切都变得支离破碎。人在这种语境下，反而必须亮明立场，否则更难说清问题。比如坚信在诗的循环之旅中，"其主之声"总是混着昔日的味道，以及"对真实热情的追求"（米沃什语），穿透时空,在未来或现在的某些诗人那里响起,有些东西是"不会完全死"的。

  死的物质因此是活的精神。
——康定斯基《艺术与艺术家论》

复现:回归想象

"复现"并不是创造。在人类历史上,创造事物太难了,而且面临太多风险。不需要这么做,或者说也没几个人能这么做。如果能在现实中发现被浮土覆盖的事物,让它重见天日,已经足够伟大了。再者说,很多事物早已出现,只是人们因认识受限,没有发现而已。认识发展了,它就该回来了。人们在意它,是因为它曾经存在,后来可能永远消失了,虽然这种情况多少令人有些伤感。

之前,我很喜欢古巴小说家阿莱霍·卡彭铁尔的一篇小说《回归种子》。他在某次访谈里说过,"这篇小说的结构形式或许适应了我多年以来的一个想法:人在孩提时期和老耄之年这两个极端的相似性。从某种意义上说生命是可以复现的"。

我记得这篇小说讲的是卡贝雅尼亚斯侯爵从死亡到孕育的故事。在文学作品里玩时光倒流的把戏不算什么,该小说的厉害之处，在于它是从一具尸体睁开眼慢慢活过来开始的。这个已经死去的老人这么一折腾，不仅年轻了，更厉害的是，他最后还直达母亲的子宫、父亲的精子，然后开始畅游于生命的无意识空间。

在斯科特·菲茨杰拉德的《返老还童》里，本杰明·巴顿生在美国南北战争年代，出生就是六七十岁的样子。到了上大学的年龄，却因老年长相被耶鲁大学拒之门外。人到中年，本杰明事业有成，变成一副年轻人的模样，被哈佛大学录取。他因参加美西战争立下战功，作为后备军官被召回部队，当他兴冲冲地前去报到，又因孩童外形被拒绝。时机总是不合适。这篇小说在菲茨杰拉德的作品中本来没那么出名，后来因为同名电影才广为人知，成了他的代表作。本杰明无数次因为自己的外表被拒绝，时间错置让他没法经历正常的人生，于是孤独笼罩着他，遗憾包围着他——每个人都有遗憾，在恰当的时间、地点与恰当的人相遇，只是一个希望而已。在人生终点，电影中的本杰明有"不能一起老去"的悲哀，也有"在自己爱的人怀中死去"的幸福。

电影开篇和结尾的"大钟"就相当于《回归种子》里的"蜡烛"——我记得卡彭铁尔在小说第三章的第一句写道："蜡烛慢慢长大，烛油不见了。"与此对应的是马西亚尔重获新生。全篇的最后一句是："因为太阳总是由东向西运行，时钟也还从左到右地转圈，把一切统统导向死亡。"马西亚尔又该死了。

在通往结局的过程中，恐惧太多，是爱情让这趟赴死之旅有了温馨而美好的记忆，比如本杰明生命中有黛西，卡贝雅尼亚斯侯爵有挚爱的玛利亚。

复现：回归想象

斯蒂芬·金在《写作这回事》里早就说过："写作不是人生，但我认为有的时候，它是一条重回人生的路径。"对于一些人来说，写作是让自己逃离现实的方式："想象之所以存在，也是因为现实过于惨烈。"人总是可以说服自己："现实之外的幻想，是诗人、艺术家的专利，与我们无关！"

据我所知，不是这样的。《人类简史》开篇写到地球上有很多原始人类，比如尼安德特人、直立人等，结果最弱小但有智慧的智人成为生活在地球上最高级的生物，这靠的就是想象，也就是该书作者赫拉利所说的"八卦""讨论虚构的事物"。人类的想象力是非常重要的，更重要的是他们愿意相信一些也许并不存在的"共同体"。在想象上达成共识，形成共鸣，很多事就好说了。

这足以说明，人类之所以成为地球上最高级的生物，是因为人生来就和幻想打交道。只不过后来有的人去过普通人的生活了，有的人则留下来继续与幻想周旋，否则就没有艺术家了。

* * *

《碰巧的杰作》里有一段关于法国画家皮埃尔·博纳尔的描写："他穿衣打扮像一个退休政府公务员，一个小资产阶级分子。他用身边能找到的零碎的纸头不断地画些草图，然后塞进他皱巴巴的短上衣。他还随身带着一个袖珍日记本。"

我是因为摄影师布列松在博纳尔去世前不久给他拍

过照片，才注意到这个画家的。照片上的博纳尔一副受惊的神情，如同他妻子（同时也是他一辈子的模特玛特）在他画里的样子。所有人都不知道他看到了什么。《碰巧的杰作》里的记录，并没有解决我这份好奇，不过书里写到博纳尔在妻子玛特去世后，在自己人生的最后阶段重拾一幅画了一半的旧画。画中的女子是他的情人，女子侧身坐在椅子上，微笑着面朝观者。他在她背后画上一大片金灿灿的花，金色像她头顶的一道光环。

也许，作家描述的是事实，但博纳尔画下来的肯定不只是现实。在我看来，这幅《花园中的年轻女子》很好地说明了记忆与现实的一种关系。重点来了，在画面右下角，复现了一个"半隐半现的妇人"：暗色头发、窄小身形、忧郁侧脸……对，那就是妻子玛特！当时她已经去世。博纳尔大部分画上都有玛特的形象。所以，他可能不知不觉地就把记忆里的妻子画了上去。

他延续着昔日的生活：每天除了画画，就是散步，所有心情都藏在随身携带的日记本里。

1999年春末，英国曼彻斯特街角之屋画廊举办过一个展览，策展人玛格特·海勒写下了一番话，大意是艺术像日记，本质上是个性的，在某种意义上表现着艺术家在时间流程中的特定一刻的思想，艺术可以说是日记的隐喻。

以画家博纳尔为例，据说他是个不靠写生作画的人。在那本日记里，他基本上不写事件，只记天气（偶尔有些物品清单）。日记内容二十年如一日，简洁而谨慎，极少透露自己的内心。日记里的事物，包括历史上的重大日子也都被过度抽象化，给后代人的幻想设置了障碍，如 1939 年 9 月 3 日，法国和英国向德国宣战，对应的是"多雨"；1942 年 1 月 26 日，个人经历中最大的事件——妻子去世，对应"晴朗"……

我曾查到他在日记里提过，"我所有的题材都随手可得，我走近并观察它们，再记下笔记，然后回家，而在我开始作画前，我会回想，我会幻想"。透过这些零星的记录，有心人就可以复现某些场景，加以想象了。这对后人理解他的画和他的人生很有帮助。

* * *

"日记"这个话题特别好理解，所有人都知道日记连接着人孤独的状态。"日记"和"孤独"一样，深入人心，容易引起共鸣。基于对日记的兴趣，我平时也会记下一些有趣的说法，比如保罗·索鲁《在中国大地上》说："日记对于小说写作来说是致命的，它会让你试图记住所有的事情。"但那是不可能的，因为日记基于最不稳定的记忆。

事实上，一提到日记，更多人马上会想起那个被困在阁楼上，始终相信自己有机会出去的 14 岁犹太女孩安妮·弗兰克。《安妮日记》里有一句话是："我还从没对人敞开过心扉，可我想把心里话都告诉你……"我第一次读时，就在想这个"你"是谁呢？安妮在最孤独时，内心始终相信有人会听到自己的话（或者说她在鼓励自己）。在我看来，现代生活中最缺的就是这个。

大家的怀疑太多了，博纳尔只想散步完回家画画，安妮只想有一天活着走出阁楼，还有卡彭铁尔让生命反转的想法，都是非常纯粹的，至少他们相信自己的所做所想。《回归种子》也不会让你觉得难以理解，因为这是一种大部分人会认同的美好想象。

"艺术是日记的隐喻"，反过来说也一样，"日记隐喻艺术"。安妮记下的事物不会让你觉得虚假，因为"相信"能打动你，带你前进，好的艺术也应该有这个力量！

追寻：身份焦虑

苏珊·桑塔格说："小说的结局带给我们一种解脱，一种生活无论如何也不愿给予我们的解脱：一切都彻底结束了，但这个结束不是死亡。"这句话正好可以用在作家W. G. 塞巴尔德身上。虽然摆在了开篇，但最早我并不是很理解这句话的深意，只是凭直觉抄写下来。后来，我对这份直觉的确认来自英国作家杰夫·戴尔，他在《塞巴尔德、轰炸和托马斯·伯恩哈德》一文的开头写到塞巴尔德的书，说"它们总是有一种死后的感觉"。

2001年12月中旬，东英吉利，大雪纷扬，一条乡下公路上，一辆疾驰的车在急转弯处失去控制，与一辆卡车迎面相撞，塞巴尔德因此丧生……两个月前，准确地说是2001年10月15日，塞巴尔德还在美国著名文化中心与桑塔格并肩而立，大谈自己的作品：《晕眩》《移民》《土星之环》《奥斯特利茨》。

塞巴尔德生活在20世纪后半叶，成长于瑞士、英国、德国之间，属于二战幸存者后代。"二战"也是他在几本书中萦绕不去的主题。战争造成的伤害、针对族人的屠杀、犹太人背井离乡的悲惨场景，直接构成其处女作《眩晕》的主题"战后父子关系"；《移民》里的"移民"也不是我们平常理解的概念，而是"移动的人民"的意思。可以说，塞巴尔德大部分作品的用意都在于描写人经历重大历史事件后精神上的转变。作为犹太裔作家，这种情绪与集体屠杀的历史密不可分。死亡气息伴随着他的成长，对"二战"这一历史文化记忆的反思，可以说是一种出于记取的本能，也是一代知识分子共同关注的问题。

"记取"这个词，来自费孝通的《乡土中国》。它更重要的意义在于"认取"。费孝通谈到语言的时间性时写道："'记'带有在当前为了将来有用而加以认取的意思，'忆'是为了当前有关而回想到过去经验。事实上，在当前很难预测将来之用，大多是出于当前的需要而追忆过去。""认取"有一部分非常私人。这体现出塞巴尔德写作的另一面，这一面让读者看到一种带有罪恶感的"局外人"风格。

同为犹太人的知识分子斯坦纳，在谈话录《漫长的星期六》里有一段专门谈到罪恶感、局外人的感觉："我想任何人都没有资格去理解这件事。我们没法理解。我们唯一能感受到的东西就是，这里面有偶然性……非常神秘的偶然性。"局外人都活在一种"可耻的幸运"之中。

身份焦虑问题，和我们这些现代读者又有什么关系？

首先，我确信这种关系出现了从文化层面到现实生活的变体,比如我在一部美国的青春电影《微型家具》里看到这样一个场景:一个刚大学毕业、找了一份餐馆服务生工作的女孩,和朋友聊到餐馆里很帅的一个男厨师。朋友告诉她,有一次自己看到他坐在一堆洋葱上面看《奥斯特利茨》。

那一刻,我有些诧异。因为没想到,塞巴尔德文学的焦虑,和一个美国年轻人步入社会的焦虑如此相近——当然,我也知道它们不同。我是想说,身份转换给这个女孩带来迷惘,这个情节非常真实,也让这部电影变得好看。从一个大学生到一个社会人,电影里的女孩很明显找不到自信和节奏,这反映在两个女孩之间的对话上,真实的迷惘特别牵动人心。

身份问题从《眩晕》延续下来,贯穿了《奥斯特利茨》(写一名犹太男孩探寻自我身世,揭露一段悲恸的个人史、家族史和整个欧洲的黑暗岁月)全文。这已经不能算一个新问题。西方作家从来不想弄懂别人,一生都在为"我是谁"创作的人不在少数。例如,小说家莫迪亚诺的《暗店街》里,私人侦探于特的工作就是帮失忆的居伊寻找身份。到了塞巴尔德的笔下,追寻就是字面意思,他的书都是写旅行,或者寻亲的故事。

《奥斯特利茨》也不是一部很有名的小说——书名隐喻了一个典型的犹太人名和一场著名战役,还与尽人皆知的"奥斯维辛"发音有些相似……塞巴尔德的书里有太多对身份追问以及犹太文化的思考,对读者并不友好。我对那段历史没什么感觉,所以最初拿到这本书时,读了几页就放下了。

我看纪录片《奥斯特利茨》时注意到一个直观场景,

可以说它是一个"纪念馆"式的呈现,因为历史的干扰过多,导演选择以一种近似"偷懒"的视角,不展示监狱里的任何场景,而是用1小时33分25秒的镜头,扫视年轻参观者——我不想称其为"游客"——的状态。导演的意图明确,就是在提醒我们:历史过去了,现在的人才是重点。一个地方因为"某种历史"的痕迹获得被观察的可能,电影里参观的年轻人,甚至脸上还带着微笑,启示很多。

人们认知里的那部分历史,可能只是一段公众历史(也可以称为大写历史,更多朝向过去,后代的历史研究者倾向于诉说它日渐消磨的历史价值。它像一段古老的记忆,被纪念、翻阅,用来警示当下)。纪录片里的参观者,无论为何种理由而来,是否都意味着一种"正视"?在监狱铁门上有一行字:"劳动创造自由。"这个镜头在纪录片的开端和结尾都出现了(开始是从监狱里向外,结尾是从外向内),与之一同出现的是来来往往、进进出出的年轻人。自由,这个词语格外醒目。这种对比似乎也唤醒了在一个不自由的"历史想象"之中的"自由想象"(这个想象是当下的一个幻觉,其含义似乎还有待深刻挖掘)。

我和国内的出版人提过一个看法:"塞巴尔德的意义,在于他对新一代作者文体上的提醒。像1980年代先锋作家一代的回忆里,出现最多的一部作品是《百年孤独》,出现最多的一句话是:原来小说还可以这么写?"到塞巴尔德的《移民》出版时,这种特征已经非常鲜明。可以说,塞巴尔德写作就没有虚构与非虚构的界限,所以阅读也不会被体裁的枷锁和对大历史的排斥之心所束缚。

后来，我拿上"这把钥匙"重读《奥斯特利茨》——

> 二十世纪六十年代后半期，有时候是为了去做研究，有时候也是出于连我自己都不太清楚的缘由，我从英国出发，多次前往比利时……
>
> ——《奥斯特利茨》

塞巴尔德是小说家、随笔家、哲学家，甚至是摄影家（他的书中有很多他拍摄的照片）。插入图片是塞巴尔德作品的一个标志，"所有的照片都是一种运输形式，也是一种对缺席的表示"。约翰·伯格的话，一方面指明了塞巴尔德对其描述的事物的一种心态，另一方面也说明照片为叙述提供了"真实感"。罗兰·巴特在某次访谈里说："描述根本不能让人看到什么，描述属于纯粹的可理解性范畴，并因此与所有图像有所差异，因为图像只会妨碍描述、扭曲描述。"

这么做也让文本呈现出的东西变得暧昧。读者不得不从无可争辩的角度进入他的描述，比如"旅行"的寓意：无论从政治、文化，还是自身与周遭的疏离关系上看，大部分都始于逃离（离开某地）。最终，他通过对目的地景观的描述，追寻的还是对始发地的一种复杂情绪。在《土星之环》结尾，他写道："荷兰有种风俗，死者家中所有能够看见风景、人物或者田野里果实的镜子和图画都要盖上真丝黑纱，这样一来，离开肉体的灵魂在他们最后的旅途中就不会受到诱惑，无论是因为看到自己，还是因为看到即将永远失去的家乡。"

我们可以把"复杂情绪"理解成一种"现代人的乡

愁",包括厌倦、思念、质疑以及留恋。塞巴尔德文字的感染力,可能来自照片的确定性。很多张出现在书中的照片,都呈现出一种荒凉的场景:类似《小雅·我行其野》里的"我行其野,蔽芾其樗。婚姻之故,言就尔居。尔不我畜,复我邦家",纠结着关于真实的想象。纳博科夫就说:"能讲述真相的只有虚构。"而塞巴尔德似乎又想抹掉虚构的标签,他写的都是人在旅行中收获的实在情感。情感可能就是他认为的真相吧,他的作品都是在下面这种行文基调上展开的:

一九八〇年十月,在英国一个总是灰云密布的郡居住了将近二十五年后,我来到维也纳,希望地点的变换能帮我度过那段特别困难的岁月。

——《眩晕》

一九七〇年九月底,在我于东英吉利城市诺里奇任职前不久,我同克拉拉一道出城去欣厄姆寻找住所。

直到二十二岁时,我还从未去过离家超过五六个小时火车路程的地方,所以当我出于种种考虑,于一九六六年秋天决定移居英国时,我对那儿是什么样子,对我只能靠自己挣钱过日子,在异国他乡要怎样才能适应环境,几乎都没有充分想过。

——《移民》

一九九二年八月,当热得像狗一样的盛夏时节

> 渐近尾声，我开始了徒步穿越英格兰东部萨福克郡的旅程，希望在一项较大的工作完成后，能够摆脱正在我体内蔓延的空虚。
>
> ——《土星之环》

如果说《眩晕》是一次"逃离之旅"，《奥斯特利茨》是一次"追忆之旅"，《移民》是一次"追悼之旅"，那么《土星之环》就是一次"修复之旅"，它的行文涌现了大量对记忆的反思，或者说是对"历史"的探讨——"我忙着回忆美好的自由自在，也忙着回忆令人麻痹的恐惧，它们以各种方式向我袭来，因为我看到即便在这一偏僻的地区，也有着可以向过去追溯很远的破坏痕迹。"对于经常着墨于同一主题，塞巴尔德曾借书里人物托马斯·布朗的嘴，简单解释了一下："每一点知识都被不可琢磨的模糊包围着。我们所感知的，只是无知深渊中的、被深深阴影笼罩着的世界大厦里的数缕光芒。"

塞巴尔德笔下的人物，通常带有鲜明的反思情绪，某种程度上可能都是一个不断出行，面对记忆，又被记忆把意识变得模糊，在深夜的床上产生幻觉的人。"不可琢磨的模糊"就像书中的情绪一样，不易界定，难以平息。"……叙述的可靠性越是减弱和降低，它的确会越是吸引人不断地去证实其可靠性。"（杰夫·戴尔《人类状况百科全书》）好的文学作品就是这样，不限于一种事物（当然基本的用字准确也是必需的），而是呈现一种事物与另一种事物之间互相遮挡的部分，以此激起联想——西方现代派写作多是走这条路径。

这些严肃的写作，除了跟作者的身份有关，还有一部分来自其语言系统。那种结合了片段("段落感")与长段落("绵延的叙述")的特殊文体,产生了某种效果。我的说法是,叙述像打开了一道闸门,随着人物旅程的继续,回忆纷涌而来。其实,那些回忆都是碎片式的,以时间、地点,以及书籍、饰物等为转接道具。

塞巴尔德的迷人之处在于,他对写作有一种让人很想去解释的信念:"如果写作过程过于艰难,完成的书对他而言就像是已被遗弃的孩童,如此一来,往事不免受个人的道德观所浸染。而作者们总是对手头的作品一筹莫展,害怕自己无力完成它们;也是出于此等恐惧,作者们才不愿意回忆那些作品,因为这难免会使他们产生一种本有能力早些将之完成,却力有不逮的想法。他又说,由于写作是件缓慢得令人感到痛苦的行当,所以他最珍爱的是那些少之又少的可以一挥而就的片段……"《眩晕》的译者在同一篇文章继续写道:"塞巴尔德清晰地记得自己是如何一气呵成地写下了这个名为《归乡》的章节,彼时,他散漫地逗留在希腊的一座小岛上,既无书可读,也无报纸可看,陪伴他的只有手边的稿纸与铅笔。这个时刻,就是塞巴尔德现实的一刻,其实他很少描述现实。最后他讪然一笑,说这是他短暂写作生涯中最自由的时刻,此后他再也没有经历过这样的至福。"塞巴尔德躺在椅子上,陷入回忆中。

> 我感到风拂过我的额头,地面在我的脚下晃动,我将自己委身于一条意念中的船,它正在离开洪水淹没的群山。然而,除了建筑变成木船,克鲁门巴赫圣堂最让我记忆深刻的是描绘苦路的画作,它必

定是出自十八世纪中叶某只不甚灵巧的手,一半已遭霉斑覆盖、吞噬。

我在高处看到的一切都是白垩色的,一种明亮耀眼的灰,无数石英碎片闪烁其中。这给我留下了奇异的印象,仿佛岩石也在放光。从我的位置看,沿着这条路往下走,远处还有第二座至少与第一座一样高的山,我预感自己无论如何都攀越不了。我的左边有一道真正令人眩晕的深渊。

——《眩晕》

这样的引用让我意识到,眼前看不清的事物依然很多。《眩晕》在叙述上的问题,恰恰也出在这里。相对于后三部作品,他的处女作在叙述上的推进是盘旋式向上的,而非向前的。"眩晕"的命名,可能来自围绕一个点的不断描述(塞巴尔德娴熟地运用了各种文体,如书评、电影、论文等,将描述嵌入主故事线)。

这样的问题在《移民》到《土星之环》的写作过程中都已经慢慢解决了。在后来的阅读中,可以看见塞巴尔德熟练地运用"记忆"写文章,但他还不是普鲁斯特。塞巴尔德的记忆具有更大范围的空间感(毕竟是在旅途中,而普鲁斯特大部分时间局限在床上、房间里)。不可否认,艺术家的工作顶多是在记忆的苍穹之下,寻找自己的星光而已,"那不是漆黑的暗夜,而是像一个有着星光的夜晚"(贡布里希《世界小史》)。带上这个想法,再进入塞巴尔德"隐喻与模拟泛滥,构造了迷宫般的、有时长达一两页的句子"(《土星之环》)中漫游,总有惊喜。

对他来说，记忆是一种能量，它能推动故事、情绪的发展，为读者营造一种静谧的氛围。《土星之环》里有一句说的就是我的感受：

> 夜晚，这令人惊异的、对于所有人而言的陌生者，在山顶上方哀伤而闪亮地流逝。

一个既现实又抽象的感受，"这形容的，分明是记忆"。我心想。

此外，还有一段关于"星空"的描述，也是塞巴尔德躺在椅子上仰头望向天空时记下的，它出现在《眩晕》里：

> 在多年前的这一天，更确切地说，是这天夜晚，卡萨诺瓦嘴里说着"然后我们走出去，凝视群星"，从那条鳄鱼的铅制盔甲中挣脱。而我自己，在十月三十一日的那个傍晚，吃过晚饭后又回到河边的酒吧，跟一个名叫玛拉基奥的威尼斯人聊天，他曾在剑桥大学学习天体物理。我很快发现，他看待一切事物，不止星星，都是从最遥远的距离外。

这个叫玛拉基奥的威尼斯人看待事物的角度，提醒我们留意塞巴尔德也并不是那么真实，他的写作与"真实"还是保持着一段有趣的距离。这里有个缺口，用以引入漂浮不定的意念。每一次，塞巴尔德似乎都是从具体出发：清晰的时间，明确的地点，确切的人物。唯独在文字洋溢出的情感上，表现出某种遥远的疏离感。

追寻：身份焦虑

"一九一三年九月二十一日星期日，卡夫卡博士曾独自躺在那里的湖畔绿地上，凝望着芦苇丛中的波浪，在其他时候总是怏怏不乐的他，心中充满着唯一的幸福：此刻没有人知道他在哪里。"《眩晕》这段关于卡夫卡的描述，让我想到，对于人类来说，未知是动力，是吸引，有可能产生创造的喜悦。

其实，我越读塞巴尔德，就越能从各种文本分析、评论的声音中走出来。那些都是他人的看法，自己看看身边不快乐的人吧，也许都在寻找"未知"的可能性。很多时候，主人公的逃离心态之于当下生活多么真切！在那一刻，塞巴尔德和当下有了联系。

我开始回忆自己读塞巴尔德的顺序：《奥斯特利茨》——《土星之环》——《移民》——《晕眩》，与他创作这些作品的时间顺序正好相反。这个顺序造成了一种"从深海浮上水面"的感觉，就是说同一个主题在《眩晕》里已然确定。我曾看到读者就《奥斯特利茨》提出一个问题："人到底需要多少记忆？当孤身穿过时间，我们真正需要记住什么，面对什么？"

《眩晕》里写道："一个人记忆中的图像即便再逼真，也只能信其几分。"在后续作品中通过不同人物、不同旅途、不同历史（背景）、不同出行缘由等，不厌其烦地确认："什么是真实，我们该相信什么？记忆可信吗？"

我一直觉得塞巴尔德对细节、局部，还有叙述语调的强烈追求是一场"预谋"（记忆的准确度对应某种"真实"）。他写作，就是为了提醒自己和读者，某些不容忽视的事件背后，到底还发生过多少交错相生的事。具体表现，就是打开书，扑面而来的长句子，事物被卷进那股记忆的、历史的旋涡之中。

德国剧作家布莱希特有个理论：在一个事件尚未结束时，另一个事件悄然开始。塞巴尔德的写作几乎就是这样。现在，我也不敢说懂得了塞巴尔德提出的问题，但知道他所说的记忆，有些方面可能倾向于归入一种不可捉摸的"知识"中，无关真假，趣味盎然。

下面是《土星之环》里关于"五点梅花形纹样"的段落，这明显超出了"记忆"的范畴：

> 它是由一个规则四边形四个角上的点及其对角线交叉点构成的。在活着的和死了的事物上，布朗到处都找到了这种结构，在某些结晶形状中，在海星和海胆身上，在哺乳动物的脊椎骨上，在鸟类和鱼类的脊柱上，在不少蛇的皮肤上，在以十字交叉方式前行的四足动物的足迹中……

形式：隐逸之谜

过去，李渔基本不会被列入我们所说的隐士行列，他有很多热热闹闹的传说。但奇怪的是，在清朝早期的志传里，对他没什么详细记载（可能因为他算是前朝遗民），我们只知道这人在南京住了二十年。在他死后将近四十年时间里，康熙五十七年（1718）的《钱塘县志》仍然没人写他一笔，这与他的名气和才华有点儿不符。后来有些文献记录了他，用的词大体也是"一代词客也""游荡江湖，人以俳优目之"等，可见李渔在当时是"隐"起来的。

我有个亲身经历，小学时代一上美术课，老师就要求我们拿毛笔临《芥子园画谱》。别的小朋友都画得很认真，我翻了半天，总觉得画谱上的假山、建筑都非常奇怪，还有一棵棵歪歪扭扭、像是喝醉了的树。

"……因问园亭谁氏好？城南李生富词藻。其家小园有幽趣,累石为山种香草。两三秦女善吴音,又善吹箫与弄琴。曼声细曲肠堪断,急管繁弦亦赏心。……"(方文《三月三日邀孙鲁山侍郎饮李笠翁园即事作歌》)从康熙八年(1669),桐城派诗人方文与任职兵部侍郎的老乡于芥子园聚会时写下的这首诗看,此时应该是李渔一生中最辉煌的一段日子。这种辉煌难写出来,如同他当年在老家隐居那三年的复杂心理,也很难写清。

李渔总和生活缠在一起,也热衷于活成一种生活上的榜样。好多人说自己在写生活,其实写的是想象。大部分人活得不是那样,所以才会用写作弥补缺憾。我们现在看李渔,多是从文艺的角度。作为作家和戏曲家,他写得明显不如活得好,可能就是因为想象力被生活遏制了。

他一直没有活在我们说的那个世界,本质上是个隐士,自己玩自己的。历史上的隐士都有些共同点,譬如仕途坎坷、性格抑郁、时代所限等。

首先,李渔生于富商之家,从小饱读诗书。崇祯十二年(1639)参加乡试,结果没考上,内心挫败。三年后准备再考时,运气不佳,人在半路听说时局要变,返回老家避难。紧接着便经历改朝换代,到了清朝。战乱连连,保命重要,李渔也没有别的办法。"此身不作王摩诘,身后还须葬辋川"(《拟构伊山别业未遂》),这句诗多像是一个预言。他在老家的伊园里写下这句诗时,还不知道后来会有金陵造芥子园、组戏班、办演出、交朋友的那段经历。

应该说,大部分隐士都是归隐田园、竹林、名山大川。李渔的看法不同,他认为"觅应得之利,谋有道之生,即是人间大隐"(《闲情偶寄》)。

在人生的三个不同阶段,他都在人间造独属于自己的"世界",一共造了三座园子:伊园、芥子园、层园。

伊园,建在老家祖坟所在伊山脚下。《伊园十便》里面写"山田十亩傍柴关,护绿全凭水一湾";又写"山窗四面总玲珑,绿野青畴一望中"。伊园里有山水亭台之类一切美好的东西。

层园,建在吴山东北麓张侍卫的旧宅,是他回杭州后在夏李村住的地方。当时他知道这里可能是自己最后一座园子了,于是费尽心思打理,花光了所有积蓄。

他在最后的日子,留下一副对联——繁冗驱人,旧业尽抛尘市里;湖山招我,全家移入画图中。

可见他对外界的关心是假的。也许,坐在层园的花树下,看着这图画般的美景,他还会想起康熙元年(1662),自己为了书籍被"翻印"去南京维权的事。到了那边,他发现维权的事情一时半会儿结束不了,便打算做长期准备。当时他已经没什么钱了,只能买一个小地方。住下来之后,他又想造园子。这就是著名的芥子园(在我想象中,那是个充满怪树、奇石的地方),地只一丘,故名"芥子",状其微也。往来诸公,见其稍具丘壑,谓取"芥子纳须弥"之义。

李渔在芥子园住了大概二十年,干了很多事——组戏班、开书铺、印卖画谱,写过不少书,其中一本流传至今,便是《闲情偶寄》。

《闲情偶寄》写的就是他发自内心热爱的生活。其中"声容部"讲化妆、"居室部"讲装修、"器玩部"讲收藏……内容至今没有过时,看来追求享受是人的本性。

单以"饮馔部"为例，便可见李渔在自己的世界玩得认真，那么早就从吃的讲到了食疗："吾为饮食之道，脍不如肉，肉不如蔬。"道理讲述得也非常现代："馔之美，在于清淡，清则近醇，淡则存真。味浓则真味常为他物所夺，失其本性。五味清淡，可使人神爽、气清、少病。"21世纪的健康饮食，也不过如此。

李渔在芥子园的这段生活，注定与后面的生活形成对比。后面的生活是从康熙十六年（1677）春开始的。这一年春天，既有草长莺飞的辽阔，又有穷途末路的悲凉。李渔的戏班子入不敷出，家里也没什么钱了，多种原因所致，他只好离开芥子园，搬回故乡兰溪夏李村。这次搬家断断续续，三年后一个冬日凌晨，李渔搬东西从楼梯上摔下来。

他离世时，天降大雪，层园里一点声音都没有。原来在金陵城中，酒菜一桌，小曲一阕，热闹是常态。只不过，热闹好像是他一个人的。如今，这份静谧也是他一个人的了。

* * *

2004年8月，在江西省九江市德安县吴山乡蔡河村白鹤山，村民陶昭岸放牛时在山脚下发现了一个土墩，过去一看，土墩中埋着一块高出地面约五寸的石碑，扒掉碑上的杂草与泥土，虽然字迹模糊，还是可以认出"故陶公潜公之墓"几个字。几天后，县博物馆考古专家到达现场。高65厘米，宽45厘米，厚10厘米的陶渊明的墓碑，就这样被发现了。该墓碑是他死时所立，还是后人为了纪念而立，没有定论。总之，方位和风景，对得上他临终那年写的《挽歌》："四面无人居，高坟正嶣峣。马为仰天鸣，风为自萧条。"——远离城郊，葬于中野，天高地远，又面对庐山。意境荒凉又充满诗意，很符合现代人对隐士的想象。

和李渔不同，陶渊明是历史上有名的隐士。他的隐逸是相对为官经历而言的。他从29岁到41岁之间都在仕途上挣扎，每次当官都是小吏，理想和抱负无法实现，还要忍受官场的尔虞我诈。

公元405年，陶渊明担任彭泽县令。《宋书·陶潜传》记载，当时一位督邮到彭泽巡视，本来依照官场规矩，上面来人，应该迎接，可是陶渊明忙事情，就拒绝了，还说："我不愿为五斗米向乡里小人折腰！"这便是"不为五斗米折腰"的由来。

陶渊明在彭泽当了八十余天县令后，准备挂印回老家浔阳柴桑（属今江西九江），便写下了广为人知的组诗《归园田居》，其一写道："少无适俗韵，性本爱丘山。误落尘网中，一去三十年。"从此之后，才有了我们在诗里知道的陶渊明。内心坚定，淡泊为人，在庐山脚下过着"种豆南山下，草盛豆苗稀。晨兴理荒秽，带月荷锄归"的日子。

陶渊明的孤独比较隐秘。或者说，他的孤独呈现在沟通方式上，在官场他是孤独的，在庐山脚下他可能未必孤独。从他的诗里很难看到他的内心，或者说隐居之后的他完全变了一个人。隐居之前的诗里，有不少牢骚和抱怨，比如"去去当奚道，世俗久相欺"。隐逸也是一个成长的结果。这种成长，包括对自己想法的认定。后来诗里描写恬淡生活和感慨大自然的内容逐渐多了起来——

久在樊笼里，复得返自然。
——《归园田居·其一》

白日沦西阿，素月出东岭。
——《杂诗十二首·其二》

结庐在人境，而无车马喧。
——《饮酒·其五》

日暮巾柴车，路暗光已夕。
——《归园田居·其六》

盛年不重来，一日难再晨。
——《杂诗十二首·其一》

这些散落在不同诗里的句子有个共同点，看上去都是借物感慨时间，实则是陶渊明对自己迷失仕途那段时间的追悔，用他的话说，就是"实迷途其未远，觉今是而昨非"。

过去的人爱为名山大川写诗，越壮阔越好，他们对雄伟的景色有一种攀附心理，好像自己也会随之变强。人在石头上刻下自己的诗，是认为石头比人留存的时间久，人死后，诗会随着石头流传下去。

陶渊明住在庐山脚下,每天过着"采菊东篱下,悠然见南山"的日子,却没有直接写过庐山的景色。他笔下的南山(庐山),只是一个爱山乐水的符号,归田园居的生活背景。清朝乔亿的《剑溪说诗》里说过,陶公"集中无庐山诗。古人胸中无感触时,虽遇胜景,不苟作如此"。

这里的"不苟作"和"不为五斗米折腰"一样,都是文人气节,符合陶渊明的人设。假如没有隐逸这件事,也许历史上根本不会留下小官员陶渊明的什么文字;没有那句"悠然见南山",可能也就没有东晋田园派大诗人陶渊明了。

陶渊明可能也没想到,自己的名字和故事,会比那些刻在石头上的诗更经得住时间的考验。

陶渊明生于晋安帝兴宁三年(365),死于宋文帝元嘉四年(427),13年官场,22年隐居,活了63岁,人生也算圆满。我写这篇文字时,就在想,一个人的命运真是"此中有真意,欲辨已忘言",很多事说不清。过去,我总觉得隐士是内心比一般人强大的人,外界对他们来说不重要,他们可以承受巨大的孤独(其实,陶渊明在官场的那种孤独大于隐居时)。陶渊明的经历说明人还是社会性动物,什么环境出什么性情,内心并没有想象中那样强大。所以,隐逸也可以作为一条改变自己的路。

　　　　*　　　*　　　*

《枕草子》的作者清少纳言本身比这本书更有意思。这个女人的一生是一个没法解开的谜，我们甚至不知道她的生平，《枕草子》是她存在过的唯一证明。

她名字里的"清"字，取自父亲歌人清原元辅的姓。"少纳言"是宫廷要职，负责奏宣小事、次要之议，用作姓名据说是为了纪念家族中的一个亲戚。剩下就是传说了，她从小跟着父亲四处卖艺，16岁结婚，不幸的婚姻持续一段时间就结束了。27岁时，她毅然入宫，当时的真实身份，可能是皇后藤原定子身边亲近的宫女。她在宫里过了七年别人没有过的日子，大约在公元1000年时离开宫廷，从此消失。

《枕草子》就是一个女人在27岁到34岁之间写的宫中见闻。清少纳言说，就是"把自己眼里看到、心里想到的事情记录下来的，并没有打算给什么人去看……"

这样一本"闲书"，成了日本随笔文学开山之作的道理在哪？

我很想看看与我们同时代的作者，最好是女性，如何看待《枕草子》，于是搜到新疆作家李娟的文章："一部《枕草子》如一幅日本平安朝时期的风情画。它雅致而从容，犀利而幽默，含沙射影，生动纯粹。写尽一些生命幽微处的感悟和美好……"笼统一说，但意思明白了，大时代之下，生命里的小小美好，让人感动。

平安年代，女人的地位很低，大部分没有文化，很少有人能像她一样有机缘身在宫中（虽然这也不能说多好，至少不用挨饿），又有写作能力。最重要的是，凡是

形式：隐逸之谜

笔到之处，还都带着一颗热诚、敏感的心，写出了万事万物"很有意思"的感觉。

据我所知，林文月和周作人都译过《枕草子》。喜欢哪个译本的都有，以开头写春夏那段来比较一下，我想说说我的意思。

林的翻译——

> 春，曙为最。逐渐转白的山顶，开始稍露光明，泛紫的细云轻飘其上。
>
> 夏则夜。有月的时候自不待言，无月的暗夜，也有群萤交飞。若是下场雨什么的，那就更有情味了。

周的翻译是——

> 春天是破晓的时候最好。渐渐发白的山顶，有点亮了起来，紫色的云彩微细地飘横在那里，这是很有意思的。
>
> 夏天是夜里最好。有月亮的时候，这是不必说了，就是在暗夜里，有萤火虫到处飞着，也是很有趣味的。那时候，连下雨也有意思。

林的翻译简洁、古雅，周的版本生动、流畅，"有意思"三个字把一个女孩的俏皮带了出来。很多人觉得《枕草子》有名，离不开译者周作人有意思的性格。对比林文月版本，这几个字像是周作人自作主张加上去的。

我觉得，《枕草子》写出了一种超越了苦中作乐的生活情调：

> 在月光非常明亮的晚上，极其鲜明的红色的纸上面，只写道"并无别事"，叫使者送来，放在廊下，映着月光看时，实在觉得很有趣味。

这里的"很有趣味"差不多就是"有意思"的意思，只不过趣味在人的感受上更进一步，在美感上大于前者。清少纳言打从心里不觉得宫中生活苦。"这短短的不到十年的期间，乃是清少纳言一生最幸福的时节，也即是《枕草子》里面所见者是也。"（周作人《关于清少纳言》）

汉学家比尔·波特那本《空谷幽兰》里有一段话，让我想起名篇《四时的情趣》（周作人译本）。波特写道："他们与时代脱节，却并不与季节脱节。"

出现在清少纳言笔下的生活美感还有许多，比如春天是破晓的时候最好，夏天是夜里最好，秋天是傍晚最好，冬天是早晨最好。还有那个写夏夜会情人的段落："非常短的夜间，真是一下子就亮了，连一睡也没有睡。无论什么地方，白天里都开放着，就是睡着也很风凉地看得见四面。话也还是有想说的，彼此说着话儿，正这么坐着，只听见前面有乌鸦高声叫着飞了过去，觉得自己还是清清楚楚地给看了去了，这很有意思。"

一切越是被她写得"有意思"，就越让人想到皇后定子死后，她离开皇宫，流落街头的晚景。镰仓时代成书的《古事谈》曾用"鬼形之法师"形容她最后落发为尼时的样子。

虽然写了一堆，但关于清少纳言和《枕草子》，一切都不确定。我只是倾向于认为她在宫里的日子有孤独，也有平静，毕竟衣食无忧。当她走向外界，战乱频仍的时代带给她的孤独，对她的伤害超过了宫中七年隐逸生活的总和。

当然，清少纳言也可能是不存在的。

* * *

中国古代关于隐士的书，很多都是为了普及宗教，神化了隐士，离日常生活也越来越远。人们可能会觉得"隐逸"是"出世"，在生活里无法安心，才会这样选择。其实，"隐逸"进入的是另一个世界，这是一个谜。两个世界很不一样，但孤独是一样的。美国作家、《空谷幽兰》的作者比尔·波特在访谈里说："中国隐士的传统从五千年前开始，最早的隐士是'萨满'……"

"萨满"是什么？简单地说，就是巫。上述"两个世界"的说法，也差不多是一种信仰上的、比较玄的东西。作家阿城有一种说法，认为艺术起源于巫。"他们住到山里，找吃的，找草药，也打坐，他们离开社会，想要看破红尘，去山上寻求别人看不到的东西，无论道家、佛家还是儒家都有这样的人，但隐士又不一定是宗教方面的人，也可以是艺术家。"（比尔·波特语）

其实，隐逸就是这些人处理孤独的方式，不是说隐逸了就不孤单，而是这样可以最大限度地将孤独"升华"。现代社会，人们无法参考古人的行为，只能靠想象。所以，孤独感不会减少，反而聚集起来，显得更大了。这就是现代人的困境——孤独无法排遣。

比尔·波特是个很喜欢中国古代文化的人，他在这本寻访当代隐士的《空谷幽兰》里，把隐士分成三种：道教隐士、佛教隐士和知识分子隐士。佛教、道教的隐士不在我的谈论范围内，我关注的，可能还只是知识分子隐士。

西方也有所谓隐士（hermit），除了宗教定义下的修道者、出家人，还有做同样事的人——只是没人这么说过他们。我就认为，文学家卡夫卡、梭罗、维特根斯坦、博尔赫斯、塞林格，甚至蒙田，艺术家凡·高、乔治·莫兰迪等都属于这类。

他们不都是宗教性的隐居某处，但他们的生活长期处于一种独处状态。我写的这些人，大概都或多或少地活在"自己的世界"里。卡夫卡在《论罪恶、苦难、希望和正道》写过"没有必要离开屋子……大千世界会主动走来，由你揭去面具。它是非这样不可的。它会在你面前狂喜地扭动"。在这一点上，卡夫卡和老子看法一致。老子就认为"不出户，知天下；不窥牖，见天道"（《道德经》）。

隐士是回到自己世界的人，而不是沉迷孤独的人。虽然独处带来孤独，"而有趣的是，只有当我们独处时，我们才会更清楚地意识到，我们与万物同在"（《空谷幽兰》）。

人无时无刻不在环境中，所谓"大隐住朝市，小隐入丘樊……不如作中隐，隐在留司官"。历史上的隐士事迹都大同小异。主人公不是才华横溢、能力超群，就是出身于名门望族、经历过别人没有过的生活。这个人必须很有个性和理想，或家里富有，或当过官，这样才能凸显无法实现伟大抱负的心灰意冷和对世俗之情的厌倦，或者对名利的无感。追溯隐逸的历史，能查到最早的是在尧舜时期，一个叫许由的人。他家里有钱，本来可以当官，却喜欢在树上造房子，于是就有了"巢父"的外号（李白、杜甫都在诗里用过这个典故）。据说，他隐居是为了躲避尧帝，尧想把天下交给他。这个模板，可以套到很多人身上，除了我在前面写到的那些人，还可以是商朝的叔齐和伯夷、魏晋时期的"竹林七贤"、唐朝的"竹溪六逸"等，这个名单很长。

历史不会记载田间樵夫。有人说，隐士的结局通常不大好。那都是相对他们本该有的好生活来说的，就比如不愿意当一国之主的伯夷、叔齐，宁愿一起饿死山野。

这不是隐士的结局，是孤独的结局。

密度：记忆未来

看见音乐、听见电影、忘记文学。这三个说法都是有依据的。

"看见音乐"指音乐的表现。意大利音乐家卢契亚诺·贝里奥曾在《记忆未来》中写道："我们在图像和声音之间寻找联盟的冲动，来自非常遥远的过去。它根植于一种古老的对这个世界的通感视景。"随后他引用了《出埃及记》中的一句："众人都看见了说话声……还有号角声。"除了这句没读过《圣经》的人几乎看不懂的话之外，书里还有一句好懂的："事实上，表演者、听众，的的确确还有作曲家，他们都在经历一种炼金式的转化。"

在我的理解里，这句话说的是舞台和表演只是这个转化过程中的一环，不是最终结果。音乐视觉化和图像化，可不仅仅止于舞台化和表演化的具体形式，更深处是一种通感，一种基于过去的，古老的想象。

"听见电影"的说法，来自匈牙利电影导演贝拉·塔尔。他声称没有配乐师米夏伊·维格，很多电影就不用拍了。传说他拍电影超支，逼死过制片人。这很可能是后人为了说明他对待电影非同凡响的态度编出来的。"电影的主角不只有演员，观众为演员鼓掌时，也请为那些声音鼓掌。"这句话符合贝拉·塔尔的风格。

"忘记文学"围绕的是电影的文学性。其实，文学性比文学更难说清，我们为什么有这样一个说法呢？电影有文学性是好是坏呢？更常见的现象是，电影文学性根本就是一场灾难。当然，对真诚的创作者来说，这是挺令人难过的误解。例子远到罗伯-格里耶、马尔克斯这些伟大的小说家自己拍的电影，近到现在上映的某些号称文学性强的电影，就能看出端倪：电影和文学结合未必都是优点。文学视觉化，的确让电影别有特色，但前提是电影本身足够优秀。一切都是锦上添花，或者甜蜜且贪婪的附庸，文学的参与相当于从现成品里炼金，其他时候最好忘了文学这回事。

有人总是觉得，证明了文学和生活的关系，或电影和生活的关系之后，就可以推导出文学和电影也有关系。

我们先捋一下生活和电影的关系好了。希区柯克对女明星英格丽·褒曼说过一句话："记住，这只是一部电影！"他就是这样指导褒曼塑造角色的困惑的。生活里的褒曼每天都紧张兮兮，对待虚构作品非常严肃，这让她分不清电影和生活。在《这只是一部电影——希区柯克：一种私人传记》里，他也说到自己从来没有说服过自己。就是说，他不相信电影只是电影，没说电影是不是生活。

《持摄影机的人》导演吉加·维尔托夫曾强调："电影可以展现生活中无法实现的事。"这些事不是生活中不曾存在,而是肉眼无法看见。他的"电影眼睛"理论可以理解为显微镜和望远镜,有了这双"眼",就可以发现生活里平时看不到的事物了。这也是关于生活和电影的一种说法。

新浪潮导演戈达尔说过很多激进的话,比如"生活是一部糟糕的电影"。这只是新浪潮导演们的标榜口号,他们的"成败"都在于过度表现生活。这些法国知识分子好像也说过"电影是文学"之类的话。他们可以这么说,但我们不一定认同,因为文学的定义随着环境、文化的变化而变化。

他们的电影不是大众的,因为一开始他们就站在个体角度,受众较少。

电影拍给什么人看,文学写给什么人读,与生活和电影的关系类似,不能总是不清不楚。其实有一个共识:我们的文学和西方文学不一样,当我们提起文学时,内心想的也不是一个东西。这样一来,在西方主流电影观念下,我们的特产"电影文学性"就更说不清了。我们没有欧洲那种相对一致的阅读基础,才使得人人都能提出截然相反的文学定义,这是每个人自由发挥的时刻。

我觉得,电影文学性说的可能是严肃性,与过度娱乐相对。赫塔·米勒在《每一句话语都坐着别的眼睛》一文里解释过严肃文学的问题:"如果有人问我,为什么你认为这本书严肃,而另外一本却肤浅。我只能回答,那要看它在大脑中引发迷失的密度,那些立刻将我的思想吸引、词语却无法驻足之处的密度。文章中这样的地方越多,就越严肃,这样的地方越少,就越平庸。"

"词语无法驻足之处"，就是隐喻、象征等诞生的地方，因为人的理解在继续，观众的思维在前进。"电影文学性"可能说的就是"剧情没有完全覆盖之处"？

严肃性指向的是文学看不见、听不见的那一面，"我们努力坚持使它世俗化，但是，尽管我们费尽心思，它里面似乎总是装着一个无形的也许是神圣的核"（《记忆未来》）。

20世纪90年代，大批西方电影理论进入国内。当时有个说法认为电影是"世俗神话"。世俗和神话是对立的，"电影虽具神话性，却是世俗的，电影虽具世俗性，却是野心勃勃的：不惜一切追求神话化"。匈牙利电影理论家伊芙特·皮洛写这本《世俗神话：电影的野性思维》的大意就是，不管影响多么广泛，可塑性多么强，娱乐性多么丰富，"电影始终保持着一些坚实的内核"。

这个内核，就是电影的神圣性与严肃性。相对于娱乐电影，有些电影可以在娱乐之余做点别的，或者干脆不娱乐，比如作者电影。

*　　*　　*

1895年，法国卢米埃尔兄弟发明摄影机之后，自己拍了最早一批"电影"，但那远不是现在所说的"电影"的概念。拥有完整语言的"电影"产生，要到20世纪初期的好莱坞电影萌芽期，这一时期出现了很多优秀电影，大卫·格里菲斯的《一个国家的诞生》可以说是世界上首部真正意义上的商业影片。后来，欧洲电影紧随其后，发挥自己的长处，结合艺术，区别于好莱坞浓重的商业气息，创造出了另一种电影的模式。我们今天的电影产业差不多也是这两种形式，形成于1930—1950年间。好莱坞黄金时代带来了有声电影、彩色电影、制片人中心制、大明星产业等，影响至今。

由于经济发展和与世界沟通的问题，20世纪90年代的中国电影只能从好莱坞电影之外的系统进入世界电影史。电影在我们的土地上，注定有自己的样子。

我还发现了一种有趣的现象，不仅现在和过去的中国作家，包括当年和现在的西方作家，都留下了比电影导演更多关于电影的文字。可能是我见识有限，总觉得作家热衷谈电影，寻找文学和电影的共性，能让他们获得一种时髦的存在感。

"电影文学性"这个说法，可能就是这样慢慢渗透的。相对于古老的文学，电影虽然是个小年轻，却"已经成为形似和不断变化的基本传播媒介"。伊芙特·皮洛写下这句话的时间是1982年，正是我们文学发展的黄金时期。

20世纪70年代，德国作家托马斯·曼看到电影院总是有人哭哭啼啼，便说："因为未经加工的粗糙素材温馨动人，它可以打动我们，像辛辣的洋葱或馨香的百合。"这句话放在今天已经落伍了，不过在电影艺术还比较"年轻"时，来自大作家的谈论，来自小说的改编，对它的身价是有提升的。

回到作家爱谈电影的事上来，不是说作家不能谈电影，只是在我们没就"文学"是什么达成共识之前，最好还是努力去找到形式（无论电影或者文学）之外的那个"神圣的核"。创作者都是通过各自的作品，在表达对这个核的理解罢了。换句话说，核是共通的，我们谈它，最切身，也最实际。

我从来没有读完过波拉尼奥的《2666》，每次都被小说里设置的场景打断，比如第一部分159页——

> 有个女人站起来，走进网球场，跑到一个男人身边，耳语了几句，又回到原地去了。跟女人说话的男子这时举起双臂，张开嘴巴，脑袋后仰，但没有发出半点喊声。另外一个男人跟前者一样，也身穿洁白的运动衣，等对手静悄悄地折腾之后，等对手怪相一出完，就把球抛给了他……

这对应着安东尼奥尼电影《放大》的结尾：一群哑剧演员（就是电影开头那群化着妆的嬉皮士学生）走进一个网球场，主人公托马斯，那个摄影师好奇地看着他们进行无实物表演，其他学生围着球场，像看到了那个飞来飞去的"球"一样。镜头运动，也在模仿人眼，后来镜头跟着一个根本不存在的"球"飞出球场，落到外面的草地上。其中一个打球人，示意托马斯帮忙捡回来。这时，托马斯不知不觉参与到这场游戏之中。这部电影的有趣就在"球"被扔回球场之后，传来球拍声，这代表一种"真实"，我们仿佛听见了"电影"。不存在的事物一下变成了真的。由此想到同一部电影里，主人公托马斯在照片上发现的谋杀，到底存不存在呢？是不是也未必发生过呢？为剧情增加哲学思考，这是欧洲电影通常的做法。

到了电影《赛末点》的开篇，同样又有一段网球场的镜头：一个球在画面上左右运动，但看不到发球者。我们也可以借此思考哲学问题。导演伍迪·艾伦要说的是偶然，命运的变化类似网球比赛中的擦网球，一个偶然，决定你赢或输。用一个偶然，当然也可以谈《放大》里有关的犯罪现场：这里，还是那里？对杀人者来说，是偶然为之吗？

连谈论这些都是偶然的。我的意思是电影关联着很多别的东西，文学的，生活的，比如欧洲电影一不留神就滑向了哲学，美国电影更文化一些，一直在把生活有趣化（伍迪·艾伦的电影就是这样）……总之，他们不太专门谈"文学性"——当然电影想一出是一出，大部分都可以拿"生活往往缺乏戏剧性"来做借口。别忘了，再疯狂的人也不敢说将电影和生活划等号。新浪潮电影有这个倾向，结果大众无情地抛弃了它们。戈达尔因此成了艺术电影最后的神话，人们可以无限赞美那个时代和戈达尔，但当下是不是需要更多的戈达尔，我持疑问态度。

人向往神话，就像我从小生活在小村庄，忽然有一天对某种未知和广阔有了好奇。但我最初并不知道那是什么，只是心里安定不下来。诗人雷平阳在文章里提到过"精神出处"这个词，无论他写偏僻的故乡还是其他什么地方，我都能从他的文字里感觉到精神覆盖着那些天空、云朵、溶洞、草丛、异乡、寺庙、悬崖……他在随笔集《乌蒙山记》的序里写道："但是入了我的心，动了我肺腑的，与我的思想和想象契合的，谁都可能成为我文学的诞生地。"他说，希望自己永远是一个有精神出处的写作者。这就是强调精神的密度。

就是在我知道这些时，那种莫名躁动的感觉得以缓解不少。顺着诗人的想象琢磨一下，密度对事物的影响，还不仅仅是表面，它也能塑造你的理解。有人说过一件事，就是美术师可能并不知道每件道具是做什么用的，"人物就是在不同的有质感环境中活动来活动去"。想让人有一种实在感，"除了大件，无数的小零碎件铺排出密度，铺排出人物日常性格"。人通过看高密度的小东西，间接判断角色是什么人，什么性格。密度关系着人对事物的了解程度。

这看起来是一个电影问题，或一个文学问题，本质上还是看待真实的问题。说到这里，我想到后来很多人把我老家称为"小地方"。作家张惠雯对"小地方"有一个说法："你其实处于一种事件和人的密度都很高的环境中。而在这种相对凝滞、封闭甚至压抑的空气里所发生的生活，自有一种张力。"

编剧行业流行说"叙事密度"，它出现在观众对电影，主要是情节的理解上。"叙事密度"通常也是大部分观众衡量电影好坏的标准。为什么呢？我想，这个密度和作家张惠雯说的那个密度之间有一个点是联通的："你可以近距离观察很多人、听到有关其他人的传说，同样你也在别人的眼光中生活，听到你自己的传闻，它绕一个圈子，最后回到你这里时会让你自己都惊讶……"观众不是孤立的，尤其商业电影更是大众茶余饭后的话题，而高密度传播便决定着一部商业电影的最终命运。严肃电影也是一样的道理，只不过它追求高质量的交流。

　　　　＊　　＊　　＊

我是意外地读到《记忆未来》这本书的,在书的前几页,就看到了这几句翻译略微有点难懂的话——

> 记忆守护沉默,
> 记忆未来这一承诺
> 哪个承诺?这一个,你现在或许
> 几乎不用声之末去触摸
> 它留出脑海之际,风正轻抚
> 声音里的黑暗,暗影中的
> 记忆,对未来的记忆

1993年,诺顿讲座的嘉宾是意大利音乐家卢契亚诺·贝里奥。在他之前,准确地说是1985年,他的朋友卡尔维诺不去世的话,就该来到同一个地方,演讲他的《新千年文学备忘录》。

"记忆未来"这个讲稿的名字,出自上面这段话,这是卡尔维诺为贝里奥舞台音乐剧《国王在听》写的台词。我们会认为,记忆都指向过去,但卡尔维诺在这里却故意把它反过来。创作者好像都对"记忆"死缠不放,或者说不少人一辈子都花在了研究"过去"上。阿根廷作家萨瓦托《隧道》开头写道:"'过去的一切都是好的'这句话并不意味着在过去坏事要少些;只不过人们把它们——幸运地——给忘记了。"不要忘记,记忆是动词,也是名词,有不同的功能。当我们说"记忆"时,谁会注意自己是在调动回忆（动词），还是筛选内容（名词）？这很像进行一种"时间的炼金术"。注意这些有什么意义呢？这些"不重要"的事悄悄改变了我们。人常常感慨，生活不知不觉就变了。时间流逝的特征，就是不知不觉。如果在生活里，也像写文章似的较真，你就能让时间暂停，发现过去和现在的每一次变化（后来逐渐形成习惯）都是对未来的反应——希望或绝望，憧憬或恐惧，都属于未知部分。未来的"已知"元素，可能就是这句"对未来的记忆"，说到底是指"对未来不可动摇的信念"（贝里奥语）。

之前说到"小地方"和"大城市"表面的区别越来越小，便是因为互联网消弭了距离，让生活变得高度雷同，现在也只能靠电影片头强调"如有雷同，纯属巧合"来提醒我们，"记忆的内容取决于遗忘的速度"（诺尔曼·E. 斯皮尔语）。每次调取和筛选记忆的结果，都影响着人对未来的判断。过去，我记得电影有"三贴近"之说：贴近生活，贴近观众，贴近自身表现手段。现在，我们已经没法被电影里"未经加工的粗糙素材"打动了，也不太会相信蒙太奇之后的生活，更不懂超越人眼的高清技术。一切建立在最朴素的感情上，观众在乎自己和创作者是否站在同样的角度。这个角度从生活中来，从雷同的习惯中来，即使看似呈现未来的科幻电影，在"未来"没有达到高密度的共识之前，也只是表面景观——观众的惊呼，没有意义。

和"记忆"这个词相近的，还有一个"道"字，它是道理，也是道路，还可以是讲述。这是中文有意思的地方。按说任何人只要有眼睛，就能看电影，可是有人可以在相同的事物上看见更多,理解更深。

英国艺术史家约翰·伯格的《观看之道》大流行就是这个道理,人类有看见更多的欲望。这个欲望,恰恰来自过去到现在的不断积累,人看见的是什么呢?是对未来的"记忆",或者叫"想象"。

从杜尚那里出来的现代艺术家,从《圣教序》里出来的书法家,从《公民凯恩》《偷自行车的人》里出来的电影导演,等等,各有各道。道理引导道路也好,反过来,实践出真知也罢,怎么都说得通。《恋爱中的博尔赫斯》作者曼古埃尔写过一句话:"我相信有时候,在作者意图与读者的期待之外,书能让我们变得更好更聪慧。"

这是文学没有消亡的理由吗?不知道。以个人为例,我是通过读书学着看电影的。经过一段时间,我会觉得,那些人看到的东西,自己好像也看到了,但感受不到。很长一段时间,自己都困在这种"好像看到了,其实没有看见、感受到"的复杂感觉里。

但我选择相信未来,通过不断地看,认真地看,自己一定能看到(获知)一种现实——按法国哲学家斯特劳斯所说,18世纪"音乐袭夺神话的结构与功能";19世纪小说逐步退出文学舞台……这种现实在保罗·维利里奥的《视觉机器》里被描述得更加具体了,他从我们最熟悉的图像角度入手:

> 图像的形式逻辑时代,就是绘画、雕刻和建筑的时代,它与18世纪同时结束。辩证逻辑的时代,就是摄影的时代,电影的时代,或可称之为照片的时代,那是19世纪。图像的反常逻辑时代,就是随

着视频通信、全息摄影和计算机制图的发明而一道开启的时代……

无论后来还会发生什么，都是未知的，甚至是不再可以准确描述的，所谓"后"的时代，已经不是一种担忧，而是一种事实。

未来无法预料，已知的是人对未来的希望离不开感受。我说的这些也都是自我的感受，我想过原以为到了20世纪、21世纪会消亡的事物，其实还在，或者只是远离了感受的核心，那不是残忍的"消亡"，而是成了一种随着时代转换的形态（没人知道会持续多久），包括电影（电影院）、音乐（舞台演出）、文学（书籍）这些现代世界的组成部分，先是慢慢进入了我们的生活，又在不知不觉间，转换成了大部分人对未来的记忆（想象）：不稳定，没有意义，一切都在时间里流动……在时间的话题上，人们总是容易找到共识。谁又能说，时间不会带来无限的虚无呢？只有偶然，只有瞬间，一切都从逻辑中撕裂……

卷 二

故事并不是对现实的逃避,而是一种载体,承载着我们去追寻现实、尽最大的努力挖掘出混乱人生的真谛。
——罗伯特·麦基《故事:材质·结构·风格和银幕剧作的原理》

虚构：真实故事

——贝尔纳·弗孔的图像世界

以"机械复制时代"为分界，之前可称作"艺术之光充溢的时代"，之后就是德国评论家瓦尔特·本雅明说的"灵光消逝的年代"了。换句话说，也就是"复现"的年代，艺术创作进入了一种良性循环。

最早，我认识摄影、对它感兴趣就是从对本雅明的阅读与理解开始的。本雅明著作中出现频率很高的一个词语是"灵韵"（或译成"灵光"）："遥远之物的独一显现，虽远，犹如近在眼前。"我一开始就对《迎向灵光消逝的年代》里的这个定义有疑问："遥远之物"和"近在眼前"是否矛盾？"独一显现"是一个时间概念，就像某些一闪而过，但足以震撼心灵的现实（事件）。

后来，我也看到过很多人在不同场合把它与灵感等同，然而有时它又不像灵感那么虚无缥缈，而是十分具体的……就在对"灵韵"词意的追寻过程中，我看到了法国摄影师贝尔纳·弗孔的作品。

摄影是不是艺术创作？这一问题经过漫长的争论（印象深刻的是培根认为摄影师是艺术家，而巴尔蒂斯坚持说不是），现在已经完全不是问题了，但对于其中"真实"和"现实"的关系，人们却从来没有达成过一致。人们对艺术的判断，永远都是主观的，要的就是一种真实感受。相对来说，客观——现实这种东西好像又把摄影绑住了。从这个角度上说，贝尔纳·弗孔的作品也为摄影作为艺术的一面松了绑。

1981年间，他的摄影作品《燃烧的雪》没有回避类似的矛盾，甚至直接提出了"燃烧"和"雪"的矛盾（我认为，隐喻了"现实"和"真实"的矛盾）。弗孔在《燃烧的雪：走进贝尔纳·弗孔的图像世界》中这样解释："这对在科学世界绝对矛盾的词，在能指的世界里相遇了。"在那个我们看不到却可以感受到的世界，雪不仅可以燃烧，还可以让我们感到温暖。更多时候，我们可以看到的部分只是现实一瞥。现实意义其实不小，它是走入真实的一个重要入口。苏珊·桑塔格在《论摄影》里说"摄影史上的运动多是短暂和偶然的……"很多事情的发生和发展是交织在一起的。所以，摄影自始至终没有离开过对时间的感受。"偶然"与"短暂"，这些感受也的确在后来造成了一种现实（举起相机的时刻，便记录了眼前发生了什么）。

与此对应的是那句话："你看到什么，那它就是什么！"新闻图片以此为由，取信读者。

一个不争的事实是：没有此刻，就没有以此刻为界的过去和未来；没有此刻，就失去了理解的可能（人理解事物的方式，无外乎前瞻或回望）。"现实时间"总是匆匆流逝，我所说的那种"真实"被认为是形而上的真理世界，它反而跳脱出来，无畏时间的损伤，对于理解我们所处的现实世界，更有意义。那种真实来自现实，也来自"非现实"——"艺术的比例和尺寸，不在艺术家身外，而在艺术家心中，是艺术家的匠心。"弗孔的创作很符合瓦西里·康定斯基《艺术中的精神》里的这个意思。

* * *

在人们对现实充满好奇和共鸣的年代，摄影就被（不知道什么人）要求反映现实，给人带来事情发生在身边的直接的震撼。我们抛开争论不说，大多数时候，摄影被认为是这样一种艺术，直到20世纪80年代"执导摄影"产生，有人忽然意识到，其实可以用另一种方式"创造现实"，只要能带来相同的感受就足够了。我曾在《电影漫游症札记》中有过一段对法国摄影家贝尔纳·弗孔摄影作品的谈论：

> 这种真实是感官带来的，我们想不起我们熟悉的孩童时代的欢乐场景，那个场景已经离我们很远，它已成为一种意识、一种思想。所以我们无法确定，因为纯粹的思想就像闪电一样，一旦出现就进入无意识，只有借助于词语它才能进入存在，成为我们的思想。

诗人约瑟夫·布罗茨基曾说:"一个词的命运……取决于其使用频率。"而我在关于摄影与电影艺术的评论中看到次数最多的一个词语,可能就是"真实"了。这个词的命运很可能在当下现实的语境中产生其他意义。进一步说,摄影从发明初期的模拟现实、纪录时光这种略显匠气的技术,逐渐转向了一种涉及真实、真理的艺术。

这个意义已经与摄影刚开始流行时不太一样了。

20世纪80年代,生于法国乡村阿普特的贝尔纳·弗孔拒绝从现实主义语境下的"偶然性"出发,在他的家乡开始了一段记忆之旅。初看起来,弗孔的创作方式违背了亨利·卡蒂埃-布列松、罗伯特·卡帕等人的创作原则(玛格南图片社的这些老成员奠定了纪实摄影在20世纪下半叶长期的主流地位。他们冷静客观地躲在镜头后,企图从现实中捕获瞬间的秩序)。

弗孔所做的是热情参与布景,然后拿人偶摆拍,一切秩序来自记忆。他说:"我会求助于最初的记忆,对我来说,这是对真实性的保证。"显然,弗孔对"真实"的理解不同于以往创作者对现实的亦步亦趋,而是相反。从记忆深处,尤其是童年大部分时间的忧愁里发掘,最后得出结论:"现在的图像不再违背任何东西,它们都是对现实的煽动和虚无化。"当我们带着这些感动过自己的记忆欣赏弗孔的作品,就会发现他倡导的"执导摄影"对"现实"的破坏性是从一开始就带着天真、美好和些许恶作剧性质的。

"破坏性"在心理学家埃里希·弗洛姆的理论里,大概可以这么概括一下:"破坏性倾向也是根源于人的孤立、无助和渺小之感:我与外部世界相比是如此相形见绌、微不足道，一旦我起来攻击、破坏这个世界，我就会从那种糟糕的个人感受中解脱出来。"这可能就激起了弗孔所说的"一种非常强烈的想要让外部进入内部，让内部变成外部的欲望"（《燃烧的雪：走进贝尔纳·弗孔的图像世界》）。

在弗孔早期的大部分作品中，我发现他逃离的方式特别有意思，他说："不是冲出门去，因为并没有那么一扇门，而是飞起来，从高处离开。"这是一个特殊的视角。当人偶成了主角，弗孔又布置他们干点什么的时候，以这个视角按下快门，便留下了那一刻的内心现实。

我时常在想，人类本性一直有对真实的渴望。有的人觉得掌握真实就意味着掌握了真理，更有安全感——虽然"真实"也有可能只是虚拟出来的另一种现实。无论我们愿不愿意承认，在艺术面前，在关涉"现实—真实—真理"三者关系的问题面前，这种渴望都是存在的。带上这种渴望，再来关注现实的时候，我们便会多出一层理解。

卢米埃尔兄弟拍摄电影的方式就是很简单地给观众带来"火车进站"式的视觉冲击，让观众一睹现实。这种方式至今仍然可以刺激大部分观众，好莱坞电影蓬勃发展到今日就是例证。那么，在特殊的境遇中，现实的升华是否会有不同？比如史料里那些令人不寒而栗的现实曾为我们的心灵带来过什么？

以两部集中营题材的电影《撒谎者雅各布》与《美丽人生》来说，人在极端处境下，现实只需要尊重，未必需要展示。现实已经残酷到人必须创造出一种超越它的东西，才能获得喘口气的机会。紧接着艺术的"灵

虚构：真实故事

光"就出现了——《撒谎者雅各布》中,为了让小女孩高兴,雅各布扮演"收音机"播放音乐;为了让儿子不害怕,《美丽人生》中的父亲圭多把集中营残酷的规矩描述成集体游戏:"先得一千分就胜出,奖品是坦克……"这都已经不再是现实,而是真实,它传达出一种向上的信念,或者说是一种创作上的伦理观。

《撒谎者雅各布》的主人公雅各布为了一个年轻人不被枪杀而编造了一个收音机谎言,但现实的集中营是毫无生气的劳动场面,人没有希望。谎言的用意是情感的真实反应。善意、温暖、开阔、有力,电影的伦理观通过现实与真实的过度得到体现。它的力量来自一种对集中营现实的莫大讽刺。也许最后的一切,都是虚构的,但它远比事实更有意义。

清晨时的哈欠连天,菜场大妈的讨价还价,巷口的叫卖,自行车骑过时轻微的风声,黄昏里下班人群慌乱的步调,当然还有公园照相者咔嚓的快门声……一个个场景都是事实留在时间里的证据,而通往真实的道路,如此漫长。

时间审判的最后结果就是"死亡"。约瑟夫·布罗茨基如此看待记忆:"你记得愈多,也就愈接近死亡。"记忆是上述这些匆匆逝去之物的替代品。虽然知道这些,我们仍要坦然面对失去现实的空虚,现实是日常性的,经验范围内的暂时现象。

1995年,贝尔纳·弗孔告别摄影时说,我关于"造相"的故事结束了。就在他说这话的两年前,他一直在创作《书写》系列,那个系列里有一个作品就叫《你可以拒绝理解一件你知道理解它就意味着失去一切的事情吗?》(1991)。

作品中,中景镜头是一处山坡,从观者的方向投过去一片巨大的阴影,填满构图的一半,这行荧光字就写在满地落叶之上。同年,法国著名的摄影师、编剧、作家艾尔维·吉贝尔在写给他的信中,就曾笑话他并不知道死亡是什么,却开始和意识中的死亡交涉。

40多岁的弗孔四处奔波之余,就在思考生命终结的样子。直到1991年12月27日,也就是拍摄这张照片的同一天。那是一个阳光和煦的下午,吹着微风,一个朋友气喘吁吁迎风跑上山坡,他来告诉弗孔一个消息:艾尔维在巴黎郊区的安托万-贝克莱尔医院跳楼身亡了。

好友艾尔维·吉贝尔躺在落叶上的尸体,很好地回答了弗孔这幅作品提出的问题,没有比这更好的答案了。

* * *

从1980年出版第一本彩色摄影集《暑假》以来,弗孔的创作主题和内容经历了不少改变:从个人淡黄色基调的童年记忆、吊在屋顶亮闪闪的似乎未及清除的节日装饰,到蓝色泡沫,或者蓝色墙壁的空房间、堆在地面的白色粉末,直至烟雾弥漫的时代偶像、温馨的爱情与时光,再到对死亡的看法,文字、图像的终结,一切都是稍纵即逝的。

我记得本雅明对真实的看法是"真实性的观念对于复制品而言都毫无意义"。弗孔也说过:"对摄影来说,困难在于没有'原作'的概念,无论请人洗印放大的作品,还是网站上展示的作品,都只是提供了参考的价值。"

其实就是在强调最初拍摄的那张照片的意义。

自问观看一幅作品的感受真的就那么可靠吗?影像审美感染力和艺术家真实的个人感受,来自"唯一的一张照片"。从技术层面来说,每个摄影师的偏好都不同,每张原作采用的材料、工艺也不一致。

摄影艺术区别于绘画艺术经典性的一点,就在于绘画可以回到原始材料,而"摄影更像当代诗歌,天然的自由诗。对于如何开头、中段以及结尾都没有一个固定标准,每个摄影师都可以创造自己的结构"(美国摄影师埃里克·索斯语)。

这里有必要简单地解释一下摄影的"工艺"问题。

我们熟悉的还是明胶银盐工艺(差不多就是我们说的胶卷冲洗)和现在的数码微喷(从胶片到电子)。实际上,主导整个20世纪黑白摄影的明胶银盐工艺的原理,就是感光的银与明胶结合,涂在相纸上。明胶与相纸之间隔了一层氧化钡,防止感光的化学制剂渗透到相纸纤维中。因此,明胶银盐相纸呈现出来的内容都是十分清晰、明快的。为了得到更接近童年"轻盈""透明"的感受,弗孔使用弗里森颜料叠印法以及原久路采用的蛋白工艺结合的技法。弗里森颜料叠印法会使照片变得模糊而柔化,略有重影的效果。蛋白工艺需要将底片放在感光相纸之上,然后在阳光下曝光,慢慢形成潜影,这个缓慢的速度也让照片产生一层朦胧的感觉。

除了古典成像工艺,我们现在所能见到的弗孔作品里从未改变的因素还包括正方形构图、彩色柯达埃克塔克罗姆反转片。

"模糊的诗意"与现实和记忆有距离,但不是完全无关。作品透露出了陌生而熟悉的一个世界,就像李安导演目前尝试的"120帧4K 3D"(从《比利·林恩的中场战事》到新片《双子杀手》)带来的高清世界。高清晰度让更多藏在现实里的细节浮现。以前我们看不到这些,不仅是由眼球的生理结构决定的,还有我们从电影院得到的也是1.5K左右分辨率的图像。

如果把这个图像放大数倍,我们就会发现这些连续色调是由许多色彩相近的小方点所组成。这些小方点就是构成影像的最小单位"像素":K就是CCD/CMOS上光电感应组件的数量,一个感光组件经过感光,光电信号转换以后,在输出的照片上就形成一个点。在一个单位面积(CMOS)内,水平方向上的像素点的数量,1K就是表示水平方向上接近1024个像素点,2K就是水平方向上接近2048个像素点,4K就是水平方向每行接近4096个像素点……单位面积上的像素点越多,CMOS的尺寸势必越小,越小的体积会导致感亮度和色域变小,对于还原现实最重要的,就是动态范围(胶片时代的"宽容度")也越小。清晰度上升,细节减少,色彩还原度也在降低,这是现代数字摄影不容回避的一个矛盾点。

照理说越清楚似乎意味着我们看到越多?实际情况不是的,"真实"正在无情地离我们远去。人的视觉成了障碍,超过4K之后的世界,对人的眼球发现局部、细节根本没什么用。"它告诉你的越多,你对真实的了解越少。"(美国摄影师黛安·阿勃斯语)

我一直在弗孔的摄影、真实、影像与本雅明之间搜寻一个更准确的词意，而不是锁定某部作品的成因，也就是因为弗孔在某种意义上早已回应了我对本雅明关于真实、现实等概念的那些疑惑。

*　　*　　*

布罗茨基在《小于一》里说："词语及声音比意念和信念更重要。"

诗人用词语说话，摄影家用光写诗。这个声音，在贝尔纳·弗孔的作品中的体现是他对童年和生命强烈的呼唤，对应着那些张着嘴、眯着眼、伸展手臂、笼罩在一层奇怪光晕里的人偶……那种绘画般的朦胧感，是弗孔照片带给我最难忘的感觉。照片里的事物在具体时间的备注下，看上去如此"真实"。

艺术不是必须确认什么（就这样静静欣赏，也挺好）。那些对真实和现实感兴趣的艺术家所要做的，可能不是区别、定义、解构。欣赏艺术也不是厘清"真实与现实"的关系（或距离）。

面对艺术，重要的是什么呢？

其实，我们与过去的事物有一种关系，实际上就是一种"分离"的关系（布朗肖语）——时间就是证据。现在不可能等同于过去，我们自己也在变化中。

艺术家和作品的关系，类似我们与艺术的关系，关键是发掘艺术家在这组关系中做了什么。于是我想到布朗肖形容友谊关系时说过的话："一种纯净的距离，衡量着我们之间的关系，这种阻隔让我永远不会有权利去利用他，或者是利用我对他的认识（即便是去赞扬他），然而，这并不会阻止交流，而是在这种差异之中，有时是在语言的沉默中我们走到了一起。"（《论友谊》）

另一个诗意的提法是"时间驻留"。时间流逝给人们带来了巨大而深刻的伤感。在摄影领域，轻而易举就可以找到关于"时间流逝"的探讨，比如我印象比较深的是摄影师南·戈尔丁的那句："实际上，我拍下的照片告诉了我没有办法避免失去。"

失去是必然的，面对生命和时间的流逝，摄影改变不了什么。艺术这时候又变得没有人情味，异常客观。而我觉得，贝尔纳·弗孔似乎没有被这些吓到，他既敏锐又柔和，并且保持天真，一直在用他自己的方式，讲述着一些真实的故事。在摄影生涯里的最后一张作品《图像的终结》（1995）上，他拍了一个孩子身体局部的模糊特写（据说来自一个他经常拍摄的孩子）。

也许是长时间曝光的结果，也许是真实逐渐远离人眼的隐喻，如同一个必要的附注：他正在从镜头中消失（我们正在失去）。

消失是需要时间的，等待是人生的常态，而时间指向了永恒。

距离：焦点问题
——罗伯特·卡帕的战地摄影

1941年12月8日凌晨，一艘美国运输船停在了位于加拿大新斯科舍省的哈利法克斯港。这艘船很快被赋予了一项重要的任务。因为船长上岸没多久，回来就带来一道在港口组织一支快速运输舰队的命令。旗舰船上的领导者，据说是退休海军上校的指挥官，已经50多岁了。当天晚上，指挥官站在舰桥上眉头紧锁，派手下去叫一个乘客过来。等待乘客时，天越来越黑，海面上的船越来越多。他们并不认识。乘客站在那里，第一次见这个人。指挥官身材高大，衣冠整齐，背对着他，也不太说话，现场气氛诡异，好像有什么大事要发生。乘客摸不清状况，也不敢多说。黑暗的舰桥上，风也很大，他站了好半天，可是除了知道指挥官是爱尔兰人，一无所知。

"我看到你带的家伙了！"指挥官冷不防地转过身，

"你知道的，我对电影圈的事很感兴趣，还有那些女明星……"这时，乘客才看清指挥官脸上的两条浓眉。随后，指挥官率先讲起了自己"一战"的经历，那时他负责一艘驱逐舰，到1918年他已经开始指挥整支舰队了。讲完自己的事，就轮到乘客讲讲电影圈的故事了。

事实上，他们尚浅的友谊就是从这一刻建立起来的。第二天，指挥官还带这位"朋友"去了其他船上。这些船大部分是临时招募来的，桅杆上还挂着各种国旗。虽然语言不通，但每一位船长都很热情，拿出各自国家的好酒款待他们。瑞典、挪威的烧酒，荷兰的杜松子酒，法国的白兰地，希腊的茴香酒……总共喝了二十三种好酒。这也就意味着这支舰队召集到了二十三艘船。最后，这些船按指挥官要求，组成了一共四排，每排六艘，间隔一千码的舰船编队，整装待发。

这就是匈牙利裔美籍摄影师罗伯特·卡帕《失焦》这本战地摄影手记的开端。就是说，如果指挥官没把他误认成美国导演弗兰克·卡普拉的话，身份可疑（连护照都没有）的卡帕，很有可能早就被轰下船，或者扔到大海里去了——我们也就看不到那些从舰船角度拍摄的战争场面了。

后来跟卡帕一起合作过《俄国纪行》的美国作家约翰·斯坦贝克说："战争无法被拍摄，因为它大致来讲是种激情，可是卡帕的确在战争当中拍到了激情……"战争是一种"激情"，有时非常疯狂，战场上的卡帕不害怕吗？其实，卡帕没有像报道里描述的那么传奇，他是摄影师，也是个普通人，甚至很多时候连护照都没有，身上的钱也不多。我在他的日记里总能感觉到战争几乎把他搞到崩溃，他多次写到"受不了了""焦虑得不行""心情糟透了"等感受。这是一个正常人的反应。卡帕的传奇之处在于，不管怎么样，还是得拿上照相机去拍。他和空军的士兵们整天聊天混成了朋友，然后近距离拍他们。有一次遇上紧急情况，空军出动了二十四架飞机，却只回来了十七架。卡帕一直在地面，举着相机。

《失焦》这本战地摄影手记里，紧接着写道："最后下来的是飞行员，看上去只是额头上碰了个小口子。我抢上去拍特写。他停下来，就站在跑道中间大声对我咆哮：是摄影师是吗？这就是你想要拍的照片，是吧？我突然不知道该说什么！关了相机。就这样回了伦敦。在回伦敦的火车上，我揣着那堆拍完的胶卷，突然开始憎恨我自己和我的工作。这样拍照片简直和办丧事的没什么两样，我恨透了这差事。我发誓，如果想我再干下去，只有一个办法，那就是让我和他们一起上战场。"

卡帕的摄影观就是在这些时刻渐渐形成的。不是每个人生来就目标清晰，"传奇"卡帕肯定不是这种人。他能写一本手记诚实面对生活，这点很值得敬佩。因为我们很多人到死，可能也没法面对真实的自己。卡帕等于是在身无分文的生活里，无路可退的绝境中，子弹穿梭的荒野里，一点点想清楚了拍摄战争这件事。

在《失焦》里，他说起战地记者和军人的不同——

> 在面对战争这个阶段，还有自己选择地点的余地，即使当逃兵也不会上军事法庭，这些对他同时也是一种酷刑。战地记者的赌注也是他的命。虽然握在自己手里，他可以押在这儿，也可以押在那儿，

也可以在最后一分钟把它放回自己的口袋里。

而1944年6月6日,在诺曼底登陆战里,卡帕像美国蔡斯号军舰上的每个士兵一样写好了遗书。他没有选择其他安全的连队,而是跟E连一起参加了第一波进攻。那天凌晨4点,枪响了。"从我们艇上下去的士兵在齐腰深的水里,手里拿着上了膛的来复枪吃力地前进着。而背景上障碍物和硝烟弥漫的海滩,对于摄影记者来说,这一切够好了。我在踏板停了一会儿,拍了这场进攻的第一张好照片。艇长急着返回去,我拍照时的姿势被误以为是畏战不前,为了帮助我下定决心,他瞄准我,从后面狠狠地踹了我一脚……海水很凉,离海滩还有100多码。子弹打得我周围的海水直开花,我冲向最近的钢铁障碍物,一个士兵和我同时冲到那儿,我们把它当成共同的掩体。"这段描述稍微长了点,却镜头感十足。在这场战役中,卡帕的处境就是如此,最后他爬上了自己所在的小艇上,还没站稳,小艇就被炮弹击中。在快艇回到主舰的空隙,卡帕举起相机,拍下了硝烟弥漫的海滩和船上流血的船员们,然后赶紧跳上一艘即将离开的登陆艇……卡帕身在危险之中。

后来,摄影手记里写他拼命在诺曼底海岸拍下的照片,由于冲印时温度调得太高而融化了,最终只从一百零六张照片里抢救回八张。1944年6月10日,《生活》杂志刊出了这些照片,"那些因为过热而变模糊的照片下面的说明文字是:卡帕的手抖得厉害"。

这可能就是卡帕这本书书名的由来,描述这次战役的虚焦照片的其中一张非常有名:一个头戴钢盔的战士,

距离:焦点问题

潜入海水中，目视前方敌人，海水在他的胸前激起浪花，他身后是正在下沉的船只的残影。

另一次失焦出现在解放巴黎前。卡帕爬上了法军第二装甲师的一辆坦克，"去巴黎的路上畅行无阻，巴黎人全都涌到大街上，就为了摸一摸第一辆进城的坦克，吻一下第一个进城的士兵。他们一边欢唱一边叫，这么早的早晨从来没有过这么多人"。就在这时，相机失去焦点——"照相机的取景器里无数的脸庞变得越来越模糊，取景器和我的眼睛都受潮了。"

其实，对于专业摄影师来说，手抖、失焦的时刻是极少的。在摄影圈，这算是一种失误。卡帕在战场上的失误，有点被过度"包装"成一种与紧张感有关的情绪投射，里面是有故事的，大家需要从照片里感受到战争现场的紧张，进而想象那种危险。可是大家知道，自己很安全。

虽然如此，但我相信卡帕的传奇，那是一种难以复制的经历。1936年，卡帕在西班牙科尔多瓦前线拍下了一张《士兵之死》，轰动新闻界。这张流传很广的照片，衍生出一句流传更广的名言："如果你的照片拍得不够好，那是因为你离炮火不够近。"从图片的拍摄角度，能看得出士兵当时在卡帕斜后方，好像正从倾斜的山坡上冲下来，卡帕明显跑在他前面，就在卡帕回头，准备举起相机拍冲锋场面的瞬间，敌军子弹"砰"一下击中了这个士兵的头。胶片记下了一具正在倒下去的身体——这是摄影独有的特点：凝固瞬间。至于照片定格前后的故事，都给人留下想象。一个正常人为什么要想象战争呢？我认为，任何时候，人都不该想象这件事，打过仗的人最清楚战争给我们的生活带来了什么。身在战场上的卡帕，其实早就厌倦了战场："我拍的照片，像战争一样悲伤而空洞。"比起前面那句名言，我更喜欢卡帕这句话，因为真相就是这样。

卡帕的战地照片在全世界引起了关注，很多战地记者对他都有点嫉妒和羡慕。有一次，他和几个战地记者一起走出战壕，在外面散步，卡帕忽然说想去附近看看，就离开了大家。很快，就从卡帕去的方向传来了爆炸声。有意思的是，大家没有想过卡帕会被炸死，反而调侃："这走运的卡帕真是没完没了的，他去哪儿，哪里就有好镜头！"

关于战争，我还想到苏联作家巴别尔，我个人非常喜欢《骑兵军》系列小说。他和卡帕一样，也做过随军记者，曾亲临战场，某种意义上，战争成就了他们的名气。但我也注意到，巴别尔在写自己的感受时，用得最多的词是"忧伤"。下面这段描写，和卡帕对战场的拍摄放在一起，毫不违和："我们仓皇地飞奔而去，子弹在我们身边尖啸。我们懵里懵懂。此刻清醒了，向桥那边疾驰。那里乱作一团，大家挤在沼泽地里，极度的惊慌……"（《1920年的日记》中的"别拉夫采，1920.8.2"）

这样危险的情境，传奇卡帕已经经历太多了。我们不能保证他每次都能清醒地面对子弹，熬过惊慌。

欧洲战争时期，记者圈中流行一个玩笑，卡帕在哪儿，炮火就会出现在哪儿。慢慢地，传奇的另一面开始显现出来：卡帕与战争的距离，变成了一个被期待的"指标"，原因是他遭遇的那些"精彩"瞬间——其实，精彩的战争照片这种说法就不准确，所谓"精彩"就是一次性的捕捉，往往伴随着死亡。死亡与瞬间符合那些充满动感的黑白片风格。后来我知道，卡帕还拍过彩色照片，比如他拍毕加索在水里抱着儿子克劳德。另外，毕加索一家人的不少照片都是彩色的。当然，卡帕最有名的照片都是战地黑白照。紧张、庄严、残酷，和现实世界有距离感——至少，卡帕希望战争离生活远一点。

后来，他的传奇配合欧洲战争辗转各地。1942年夏至1945年春，他又去了西西里、诺曼底、柏林等地。

说实在的，我不觉得彩色和黑白，对于看一张战争照片有多重要。卡帕的照片有个特点，大部分都距离被拍摄者很近，比如毕加索的那些照片，你能感觉到他们的关系很亲近。这不是单纯地拉近焦距可以改变的，而是真的来自生活。在卡帕的镜头里，彩色照片里的毕加索和战争照片里的士兵没什么区别。很多人能把毕加索拍好，但未必能在战场的硝烟中保持敏感，因为战场上的一瞬，可能就代表着一个生命的逝去。

"一些最好的人牺牲了，但活着的人很快就会遗忘。"（《失焦》）卡帕就在他写的这群人中间，靠着运气，用镜头延长一些人的记忆。

1954年，他随美军前往越南。多次与他擦肩而过的死神在那里追上了他。5月25日这天，大家和往日一样，匆忙奔赴下一个战场。卡帕也一样，举着相机，在越南南定地区前往太平省的路上不停拍照。一路天气晴朗，甚至有点炎热，经过一片空地时，他踩到一颗地雷。最终，还是把命输在了战场上。

事实上，哪里又有输赢。再次重申卡帕的名言："如果你的照片拍得不够好，那是因为你离炮火不够近。"

这句话很像媒体为塑造传奇,突出卡帕战地摄影师的身份而提炼出来的。我总把那张卡帕流传最广的《士兵之死》和《西线无战事》里的文字描写联系起来:"他是往前面扑倒下去的,躺在地上,好像睡着了一般。把他翻过来,人们看到他可能没受多长时间的痛苦,他脸上有一种沉着的表情,差不多像是满意的样子,因为事情终于这样结束了。"

"……他们即使逃过了炮弹,也还是被战争毁灭了。"许多年之后,我可能记不全《西线无战事》写了什么内容,但肯定忘不了这句题词。它说得非常像一个现代人幸运地躲过了生死威胁,但心灵深处遭遇的那些破碎和坍塌(信念或价值观)却是免不了的。

传奇：思想之眼
——亨利·卡蒂埃-布列松的摄影与逃离

提到法国摄影师亨利·卡蒂埃-布列松（也作"布勒松"），随之而来的，就是"人文摄影""纪实大师"这些词。布列松对我影响最大的地方，和理论、传奇无关，是他的照片告诉我，什么叫"平凡中的伟大"。平凡本身是反传奇性的——我们不会在意平凡，如同深知自己和伟大无关。

布列松大部分作品是用普通50mm定焦镜头拍的。这个镜头在135画幅的相机上的视角约为39度，与人眼视角差不多。拍摄成像后基本与看见的一模一样，没有长焦镜头的背景虚化，也没有广角镜头强烈的冲击力，所谓"大师视角"也就是一个人眼睛的视角。我之前写小说，会特别注意皮埃尔·阿苏利纳的《亨利·卡蒂埃-布勒松》里"豪尔赫·路易斯·博尔赫斯"这个名字。书里说到1987年的一件事——博尔赫斯打电话给卡蒂埃-布列松，通知他领一个文化奖。奖是一个西西里富豪赞助的，博尔赫斯作为获奖者可以选择下一位获奖者，而他选择了卡蒂埃。卡蒂埃在电话里问他为什么，博尔赫斯说："因为我眼瞎了，而我要向你表达对你眼光的感谢。"

这句话难道只是朋友间的赞美？或许还说出了一个秘密——人的眼光都是由看见过的事物慢慢堆砌而成的记忆里来的。在记忆的窗口，可能还可以看到其他的，正在流逝、已经消失的东西。关于摄影的书一本又一本，讲的不外乎也就是这些事。

国内关于卡蒂埃-布列松的书看似很多，但大部分是介绍性、访谈性的编著，我手上这本中国摄影出版社在2013年出版的《思想的眼睛：布列松论摄影》是少数卡蒂埃-布列松自己写的书，我看介绍说是法文直译才买的。2014年，台湾也出了一版，书名改叫《心灵之眼：决定性瞬间——布列松谈摄影》，原版也是1996年法国法塔·莫加纳出版社出版的 L'imaginaire d'après nature。

因为好奇"眼睛"这个译名的来历，我简单查了一下书名的法语。L'imaginaire 译作想象中的、假想的、虚构的；d'après 的意思是根据、按照、模仿；而 nature 就是自然、天然、原始状态、本性、本质。看起来怎么组合都和"眼睛"没关系，译成"思想"和"心灵"更是没有根据（暂时先不管内容是不是法文直译）。按一般人的理解，任何一个作者都不会让其他人来给自己的书起名字，因为书名涉及全书的实质和精神。《亨利·卡蒂埃-布勒松》里写道："卡蒂埃-布勒松从未给自己的书起过名字，他的第一本书就是这样……"他的第一本书，

传奇：思想的眼睛

也就是著名的《决定性瞬间》。这是美版的名字，来自法国原版的一篇前言（法文书名 *Images à la sauvette*，早被人忘了）。我想，我手上这本书名里的"眼睛"也可能来自其他版本，于是就发现2005年6月，美国老牌摄影出版社光圈出版社为布列松出版过一本 *The Mind's Eye*。

为什么说这个呢？这是一个看似不重要，又很重要的话题。我想，不同译名，可以体现出他人（出版商、读者、市场）看重摄影师布列松的地方。反过来，布列松又在意什么？我试着找一找。据说，《决定性瞬间》是他一生唯一同意写的一篇关于摄影的理论性文章。很多时候，比如在《观看之道：亨利·卡蒂埃－布列松访谈录（1951—1998）》里，你问摄影话题，他经常玩笑式地带过："我不知道，那不重要。"

* * *

1998年5月，美国《名利场》杂志第256页刊出一段卡蒂埃－布列松的普鲁斯特问卷调查，第五个问题提到："你最喜欢哪一次旅行？"90岁的卡蒂埃－布列松说："作为战犯的3次逃跑。"这是他在意的。

最早看到这个回答是在2017年的《观看之道：亨利·卡蒂埃－布列松访谈录（1951—1998）》里，当时我没有留意。现在，我把五年后从皮埃尔·阿苏利纳这本《亨利·卡蒂埃－布勒松》里看到的相关内容，与这个回答再对应起来，感受立刻不同了。关于记忆的比喻太多了，很少有人会像埃内斯托·萨瓦托在《隧道》里那样形容:"记忆就像一束可怕的光线,它照亮了一个充斥着耻辱和肮脏的博物馆。"虽然这个"记忆"对布列松来说是个人的传奇经历,而《隧道》只是第一人称的小说,但在某种情况下,我觉得主人公都是犯人,从这种眼光里能看到人性里隐藏的更多问题。

《亨利·卡蒂埃-布勒松》里有这样一句话:"照相机越多,摄影师就越少,而太多的影像谋杀了影像本身。"这句话是什么意思呢?

摄影及相关技术越来越发达,甚至现代人也乐于把这件事变得简便,这已经和布列松拍摄的那种严肃的角度非常不同了。但我们又会说,卡蒂埃-布列松的照片不过时啊!现在世界摄影圈就很流行收藏布列松的作品。这是消费时代的矛盾。眼睛是不能交易的,但布列松老了之后,又在出售自己年轻时通过眼睛看过的、通过摄影拍下的事物。卡蒂埃-布列松不否认自己大部分生活费都来自卖签名照片,来自世界各地的图片收藏家。他说:"这是我最感到羞辱的挣钱方式。"

我们可以想象一下这个"世界公民"再也不能像年轻时那样,拿上徕卡相机去各地旅行,享受把眼睛看到的事物一一记录下来的喜悦。事实上,1947 年,他在美国旅行拍摄时就说过:"我喜欢人们的脸,因为他们的一切意思都写在那上面……说到底,我是个报道者。但还有更私人的一面。我的照片就是我的日记。它们反映人类本质的普遍性格。"当记者追问他在取景器后看到什么时,他说:"那是我无法用语言形容的东西。如果可以,我就会是个作家了。"

作家和摄影家的不同在于他们和生活的关系不同:

"大脑有一个遗忘的时期，作家在文字没有组合起来写在纸上之前还有时间联系几个因素进行思考，但对于我们来说，它真的是消失了。"(《思想的眼睛：布列松论摄影》)

巧的是布列松在美国旅行拍摄时，杂志社还真在路上安排了一个年轻作家和他同行，这个作家后来这样描述他——"那天，我得以观察他在新奥尔良的一条街上开工，他像只疯狂的蜻蜓一样在人行道上飞舞，脖子上挂着三台大徕卡相机，第四台则紧紧贴在他的眼睛上咔嚓—咔嚓—咔嚓（照相机似乎就是他身体的一部分）。以一种欢愉的专注和注满全身的宗教般的狂热忙着咔嚓—咔嚓。他神情紧张，情绪高涨，全身心地投入他的事业。卡蒂埃-布列松在艺术的层面上是'一个孤独的人'、一个疯子。"这个作家就是因《冷血》出名的杜鲁门·卡波特。

*　　*　　*

在卡蒂埃-布列松后来的生活中，连他自己都没想到以名人的身份出现的频率越来越高。当然，那已经是不可逆转的一个摄影师的人生了。他是不是还怀念自己那个画家的梦想呢？他的画家梦从很小就开始了，真正确定下来，是在德法战争时期。

1940年，德法战争正在进行，法国甚至美国报纸上满是德国将军的照片，于是法国军方成立了一个摄影机构。机构管理者列了一份摄影师名单，"他们的任务是拍摄所谓'虚假的战争',拍摄站岗的士兵或者沿着马奇(其)诺防线拍摄运输火炮的照片"。名单上的第一个就是卡蒂埃-布列松,他很快被派往德瓦里尔兵团。本来以为是非常轻松的工作,可是没想到战事急转直下,6月22日这天,法国请求停战,卡蒂埃-布列松被捕,被送入路德维希堡战俘营,获得了一个编号——KG845。

一段长达三年的传奇就此开始。战俘营里没人知道布列松是摄影师。"持续了三年的囚禁生活,我干了很多体力活,尽管有一些烦恼,但这个对一位年轻、平庸的超现实主义者是有用的。铺设铁道枕木,在水泥厂、曲轴厂工作,堆干草,清洗烧菜用的平底大铜锅,而这一切只是为了一个想法——逃生。"(《思想的眼睛:布列松论摄影》)

"二战时大约有1600000名法国囚犯被运往德国,其中有70000人逃跑了。这个比例很小,即使算上更多失败的逃跑尝试,更不要提那些为了抵抗无聊而在脑中策划的虚拟逃跑了。卡蒂埃-布勒松和朋友们沉迷于逃跑的想法,甚至比他们每天焦急等待的食物还要想得多。"(《亨利·卡蒂埃-布勒松》)很多人在战俘营里崩溃了。卡蒂埃-布列松记得有一天,天气阴沉,他和朋友在黑暗的山谷里耕地,朋友突然转过头来,对他说:"看,亨利,那座山后面,想象一下有一片大海……"事发突然,自由的前景让他想坚持下去,并开始计划第一次逃跑。

卡蒂埃-布列松选在一个阴天逃跑,后来雨越下越大,恶劣的天气害得他没跑多远就不得不束手就擒,被抓回去之后他在为越狱者准备的竹屋里关了21天禁闭,做了两个月苦役。

他似乎每次都能逃过守卫,第二次逃跑发生在苦役结束之后不久。这次他是早晨跑出营地的,一直跑到深夜,跑到边境的莱茵河畔,最后还是被抓住了。他对惩罚的内容非常熟悉,不过就是关禁闭和劳动而已。

两次逃跑的结局都是失败,但过程有些不同:第一次逃跑时兴奋大于一切,什么都来不及想,糊里糊涂就被抓住了。第二次逃跑格外冷静,跑的时候也没有忘记看看难得一见的风景,感受一下脚步的自由,同时他还和一起逃跑的人聊起了未来,正如传记里写到对方说:"等这一切都结束了,等我自由了,我要去做一名时装设计师。你呢?"他的回答:"我要做一名画家。"

1943年2月,幸运终于降临在了卡蒂埃-布列松头上。这一次他成功穿越了边境,我不太相信书里所写的具体细节,但能想象一路的紧张和危险……这也是少数几段能让卡蒂埃-布列松为之变色的记忆。当然,可以说摄影是片段艺术,"三次逃跑"像三个记忆片段,其意义不在于历史,而在于在历史中不愿被囚禁的人。

从战俘营逃跑成功后,这个人没有成为画家,却成了一个"世界是他的工作室"的摄影师。很多人都写过布列松其他的摄影经历,大概就是旅行、拍摄、做展览、出版影集、出名,再做展览,继续旅行,再出影集这种有些无聊的人生循环——可能名人传记差不多都是这样。布列松的传奇色彩也因此逐渐变淡了。

* * *

我从没想过美国作家亨利·米勒会和摄影有什么关

系，直到有一次我偶然读到一个不知名摄影师的日记。据说20世纪30年代，亨利·米勒和欧洲最有影响力的摄影大师之一布拉塞结下过深厚的友谊，他称这个朋友是"巴黎之眼"，因为两个人经常一起漫步夜巴黎。

1932年，在出版代表作摄影集《夜巴黎》之前，布拉塞和布列松一样，都觉得自己是一个画家，没想过摄影让他们变得有名。摄影把他们带上了另一条路，也让他们拥有一些共性："在摄影发明之前，没有任何一样东西不是经过无穷尽的艺术来传达给我们……而这个世界不期然地被相机捕捉着而泄漏给我们。"（《布拉塞：巴黎的夜游者》）这就是"决定性瞬间"啊！我在这个熟悉的描述里，好像也看到了卡蒂埃-布列松、卡帕、罗伯特·弗兰克、罗伯特·亚当斯的身影……

如果要从遥远的回忆中拎出一个本质问题：摄影是什么？我们该如何回答？

"摄影是在几十分之一秒里，同时认识到一个事实的重要性，以及如何有力地组织起各种视觉形式来表现这一事实……主题的大小不在于收集事实的多寡，因为事实本身没有什么意思。重要的是在众多事实中选择，抓住那个真正同深刻的现实相关的事实。在摄影中，最微小的事物都可以是一个伟大的主题，而那微小的人性细节可以成为一个宏大的主旨。"皮埃尔·阿苏利纳在布列松传记的第123页抄的这段《决定性瞬间》里的话，我那本《思想的眼睛：布列松论摄影》里是没有的，我只看到第28页上写着"从对事实的认识，到为表达这一事实带来的直观感受而采用严格的组织形式，整个行为几乎是在几分之一秒内同时完成的"。

1950 年夏天，卡蒂埃 – 布列松 42 岁，他因为拍南京和上海的照片得了一个奖，《亨利·卡蒂埃 – 布勒松》紧接着写道："在客观罗列了他在亚洲 3 年生活的记事年表之后，他这样写道：……我们唯一的秘密就是不断旅行并和人们生活在一起。"

"和人们生活在一起"，反映在关于中国的照片上，让我又想到书里的另一段描写："那里的人们是如此生动，而我又对一切都充满好奇，这让这个国家成为最难拍摄的对象。要顺利地工作，摄影师必须有足够的空间，如同拳击裁判需同拳击手保持一定的距离一样。但如果有 15 个孩子挤在他和绳圈之间，他还能做什么？在北平的花鸟市场，我的脚下有 50 个孩子，而且他们从未停止互相推搡和推我。"

布列松的眼睛始终关注周围的人，就像亨利·米勒说过的："难道这个愿望不是产生于他对事物本身的极大谦卑、尊重和崇敬吗？"他指的既是摄影师布拉塞，也可以是任何一个摄影师。50 个孩子肯定不是准确数字，它却能代表一种人群的氛围，一种鲜活的现实，"我们的眼睛会不停地衡量和估计"，我相信布列松写下这句话时，膝盖弯曲、俯身微笑，低头看向这群充满好奇的中国孩子，不仅眼睛没闲着，触觉也出奇灵敏地感受到了好多双激动的小手。

这一幕在每个关心摄影的人眼里都是非常生动的，而作家博尔赫斯要感谢的那种"眼光"，可能就出现在这些时刻。

时间：艺术过程
——罗兰·巴特论艺术

艺术史家贡布里希《艺术的故事》有一句名言："没有艺术这回事，只有艺术家。"到罗兰·巴特这里成了"作者已死"。艺术家——这个作者不存在了，只有文本活着——应该看重文本，而不是作者。"在我的一生中，最吸引我的是人们如何让他们的世界变得可以理解。"（《声音的种子：罗兰·巴尔特访谈录（1962—1980）》）

透过巴特讲艺术故事，首先要理解艺术家最关心什么。

艺术故事通常都是关于时间的。这里我想从 1980 年 2 月 25 日讲起。我关心的是，这天下午，巴特在法兰西学院门口的岔路口，被一辆卡车撞了。那个杂乱的车祸现场，竟没有一个人认出伤者是谁？

20 世纪重要的学者，成了一个躺在地上的无名者，后来被送进沙普提厄医院。3 月 26 日医院就传出了巴特逝世的消息（据说此前他的伤势曾有好转，并有朋友陆续看望），一切发生得很突然。

"仿佛为了让照片免除死亡的意味，摄影师必须付出最大的努力。但是我——已经变成客体，没法挣扎了。"《明室：摄影札记》的这段话，好像又让人看到巴特在某间病房一角的床上，蜷曲身体，对生命做出最后挣扎的一幕！

一个关于"死亡"的寓言的诞生，意味着属于巴特的"时间"结束了。

罗兰·巴特的结局，与他的文本产生了有趣的互文：意外和突变。在看似重新开始时，冥冥中已然结束，如他自己所说："如此多的断片，如此多的开头……"摄影记录的就是一个个没有开头和结尾的片段。巴特在摄影圈影响巨大的那本《明室：摄影札记》也出版于他去世的这一年，书中以一个模糊不清的时间"有一天"开头，说的是他偶然间看到的一张拿破仑最小的弟弟热罗姆的照片："那是一双见过拿破仑皇帝的眼睛！"这双眼睛带给他巨大的惊奇感，他感叹道："似乎没有人和我有同感，甚至没人能理解我这种感觉（孤独。生活就是由这样一些孤独构成的）……"

巴特公开宣布喜欢摄影，不喜欢电影，原因可能如他所说："我已经注意到，某些照片打动了我，不是由于我对其所产生的兴趣，而是由于有借助一种神秘的方式抓住了我、俘虏了我、唤醒了我、让我感到惊讶的某个细节，更为强烈地打动了我。于是，我称这种因素为触点，因为它是一种触碰、一种针刺，触击了我。"（《明室：摄影札记》）

在最后这本谈论摄影艺术的书里,他似乎有所预感,使用一种悲观或者绝望的语调,从"死亡"的角度评论摄影,写下了这样的句子:"正因为在照片里总存有我那将来临的死亡,这不可避免的征记。"这句话和桑塔格的名言"生是一部电影,死是一张照片"遥遥相对。

摄影的本质是留住记忆,但它也有如南·戈尔丁所说的另一面:"我常以为我只要拍摄了足够多的照片,我就不会再失去任何人,可正是这些照片,让我看到我失去了多少。"

到了20世纪,电影成为比摄影更流行的一种艺术形式。关于电影和摄影的谈论,再次把巴特推到风口浪尖。法国哲学家雅克·朗西埃就说过"巴特讲电影时也从没有在讲电影"。那他在讲什么呢?他希望别人理解他的世界,却始终把注意力对准一些在我看来不可能谈清的命题。或者,这也是为什么谈论会无休无止的原因吧。

2016年5月31日,巴特的几封书信在巴黎的一场拍卖会上以三万欧元高价成交。其中一封信记录了他看法国新浪潮代表作《精疲力尽》后的感慨:"我有一种总体上对电影的不满。"这句话很快就成为当时的一个议论焦点。

事实上,巴特从小就爱看老电影,长大后也每个星期去电影院两三次,很多青年影评人都是他的朋友。只能说,这种矛盾意味着一种复杂的爱。巴特说:"我想比起电影我还是喜欢相片吧,即使我无论如何试图把两者区分开来却总是以失败告终。"

电影和摄影的记录对象(某种程度上,可以说是"对手")都是时间。因为它终将流逝,有价值的瞬间才得以被重视，捕捉并保存在电影或相片之中。摄影理论落在实践中，就是"看到的这个人或物在那里待过，在无限远与那个人之间的地方待过，它曾经在那里待过，但又立即分离了，它绝对地、不容置疑地出现过，但又被延迟处理了……"巴特将其称为"摄影真谛"。

我曾偶然在一本关于颜料发明史的书里看到过这样的话："化学之于绘画正如解剖学之于素描。"在艺术技巧方面，是否可以说，小说之于诗歌正如摄影之于电影？摄影往下细分，你会发现，所有事物都是相连的，显影是不是有化学原理？小说需不需节奏？节奏是不是与音乐有关？哪怕是建筑，作为时间的艺术，也拥有"一种黑暗的，不恰当的内在的承诺"（法国建筑家鲍赞巴克语）。

如果非将这些事物放到一个框架里谈，那没有什么比时间更好理解的了。人生由无数时间概念下的片段组成，过去的自己与未来的自己，在一张图片（等于是在人生的一个断片）前相遇，而人的未来，都通向未知和死亡。

面对时间流逝，人总有些手足无措，慌乱不已，尤其是老人。但艺术家的迷思，就建立在这份不安的心情上。

* * *

当我们把一段时间作为背景，摄影可能是堤坝，负责截流，其中有无数的细节涌现，而电影像河流，非常不稳定，很像西方绘画里的"覆盖"。西方绘画作品是看不到作画过程的，丙烯一直遮盖（引申一下，一切未经修饰的"真相"都将被掩盖），只能让人看到最终的结果；而中国绘画用的宣纸保留了晕染的痕迹，墨分五色，不断反复，创作的前后顺序，在画上全部呈现出来，每个阶段都有可欣赏的地方。

因为这个小发现，一段时间内我一有机会就去观察画家作画（如果他们允许，我会成为一个时间的见证者）。

电影与绘画相反，既无法遮盖，也不描述全程，哪怕是同样表现静止时间的摄影也和绘画有很大不同。这和两种艺术产生的年代有关。

说到区别，电影有可能创造新事物，以及事物之间的关系。要知道，大部分电影画面除了完成叙事，没有任何价值。罗兰·巴特就觉得"电影参与了摄影的驯化过程……"最早，摄影只是记录真实的工具，后来分成了两种：如果摄影的写实主义是相对的，被经验或美学的习惯改变得有节制了，它就是理智的；如果它的写实主义是绝对的，或是原始的，那作品就会变得疏离、冷漠。

"摄影就这么两条路。是使摄影的场面，服从于完美幻想的文明寓意，还是正视摄影不妥协的真实性的重新活跃，就看我如何选择了。"（《明室：摄影札记》）

现代人热衷拍照，可能也是因为对时间有着这种莫名的感觉，或者用台湾学界的话来说，就是现代人对时间有迷思（一种爱的变体）。约翰·伯格在《观看的方式》里说："注视是一种选择行为，我们通常只看见我们注视的东西。"摄影师就是带领我们去观看的人。摄影师存在的意义,就是让很多人看到相同事物的不同之处。

说到底,艺术都是时间迷思的呈现,摄影和电影讲的也都是记忆和遗忘的故事。摄影本质上描述的是已经在那里,从被"看见"的那一刻,就已死去的事物。

所谓"去者不追,来者不拒"。往大了说,艺术痴迷于表现时间的这一特性,艺术家杰出的工作也就是抢夺一分一秒——在历史已成定论之前,记录暧昧的一刻。在历史成为历史之后,以独特的形式呈现记录下来的事物。然后,就有了艺术。

* * *

一个有趣的现象:20世纪以后的哲学家、大学者似乎不约而同地投身片段写作之中,例如两部20世纪最重要的哲学著作:维特根斯坦的《哲学研究》、海德格尔的《哲学论稿》。再往后是德勒兹和加塔利(二人代表作《千高原》)、波德里亚(代表作《冷记忆》)等,他们的论著涉及面极广。再往上溯源,最早还可以推到尼采的一些作品。

在这个时代,体系化的长篇大论就已经不切实际,我们可以看到,那些本来藏在哲学家思维深处的片段开始闪光。这些哲学家都预言了碎片化时代的到来,但他们的作品还都太严肃了。相反,罗兰·巴特的"断片风格"更加具有文学性,也更有趣一些,并且他谈论的往往是些相对流行的事物。

关于罗兰·巴特，我有很多想说的。他曾自称"我是随笔作家，因为我是脑力劳动者。我也很想写作中篇小说，但是，我在为自我表白而寻找一种写法上遇到了困难。在法国，随笔作家都不得不从事另外的工作"。"另外的工作"就是那些关于艺术（电影、摄影、时尚、文学等）的评论。

通过观察巴特的写作，就可以定义这个人，他的写作也已经形成了一种"符号"（其他人可能在类型和作品量上无法与他相比）。

为了说清这个问题，以两部作品为例——

1.《恋人絮语》完全是一个观念艺术品，它以《少年维特之烦恼》为参照，分析恋人的内心世界。那些关于爱情的经典想象：春梦、呓语、情话、争执、姿态、不同时期的语调、两人之间的眼神，出现在巴特笔下时，让人感觉十分奇特。不是说不理解（似懂非懂），而是说在他的写作里，爱情絮语似乎无关爱情本身。谈论都是飘荡的，"从根本上来说，对方始终漂泊不定，难以捉摸"。巴特把爱情解构成喃喃自语。而作为分析对象的爱情，一直处于某种视野之外，躲避在幽暗角落，呈现出一种被"边缘化"的状态。所以，我理解他在1977年5月的一次访谈中谈起这部作品时说的话——

> 我对恋人主体的深刻想法是，它是边缘性的。由此，在某种方式上，我下定决心出版这样一本书，为的是赋予边缘性一种声音……

我也在书中找到一些证据，比如"我愈是感觉到自身欲望的特殊性，我愈没法表达清楚；目标的精确与名称的飘忽相对应；欲望的特殊只能引起表述的模糊"。

2.《S/Z》也像一场观念艺术表演（他的文字中总离不开"爱欲""写作是一种情色工作""书籍是欲望产品"之类的表达），是罗兰·巴特对法国著名作家巴尔扎克的小说《萨拉辛》进行的解构分析。巴尔扎克写的故事大概是晚会上，一个年轻的雕塑家萨拉辛看到舞台上唱歌的歌手赞比内拉，就疯狂爱上了她，最后却发现自己爱上的是个男人，在气愤想杀掉对方时，被人误杀。这篇小说出版后，很长时间不为人所知。

知道这些，再回到书名《S/Z》，就有意思了。S明显是指萨拉辛，可是读下去之后又恍惚觉得是巴特自己；Z指歌手赞比内拉，很多地方又暗指巴尔扎克。后来，巴特在那篇著名的《作者的死亡》里，又写到巴尔扎克和《萨拉辛》——

> 在巴尔扎克的小说《萨拉辛》中，描述了一位装扮成女人的被阉割的男歌手，写了这么一段话："那是一位女人，她经常突然露出惊怕，经常毫无理智地表现出任性，经常本能地精神恍惚，经常毫无原因地大发脾气，她爱虚张声势，但感情上却细腻而迷人。"是谁在这样说呢？是乐于不想知道以女人身相出现的那位被阉割男人的小说主人公吗？……人们将永远不会知道，其实在的原因便是，写作是对任何声音、任何起因的破坏。写作，就是使我们的主体在其中销声匿迹的中性体、混合体和斜肌，就是使任何身份——从写作的躯体的身份开始——

都会在其中消失的黑白透视片。

——摘自1968年《占卜术》杂志

什么是"巴特式文本"？这段话说得很清楚，巴特式文本不是外露，而是深藏，不是单向，而是多重，不是就事论事，而是由此及彼。

那么与之对应的阅读，又是什么呢？

"阅读即奋力命名，即将文的句子处于语义转换状态。此转换飘忽不定；它徘徊于数种名称之间：我们若被告知萨拉辛有一往无前的意志力，那我们读出些什么来呢？"（巴特语）

我一直在想罗兰·巴特留下的这个问题。作为不专业的谈论者，我无意间发现这些年写过好几篇关于巴特的文章，引用过许多巴特的话。在罗兰·巴特的世界，我得到了安慰。换句话说，他极为广泛的写作中充满了热情。巴特对很多事物，并不是冷冰冰地写而已，他有审美的热情和好奇。这也提醒我，对文字本身的爱非常重要，它可以串联你所做的一切。

"在我的生活中，句子就是探险。"巴特肯定同意福楼拜的这句话。只有这样，写作才不是自我的世界，而是与某处某物有关系的。因为"影像就是被摄物发出的光，那里的一具真实躯体，散发出光，最终触及这里的我"。

"那里"不具体指摄影、电影、文学，如同文章的主人公罗兰·巴特代表的复杂身份，艺术的范围可以更广一些。艺术不会离开观看，而所有热爱艺术的人，都期待每次新的惊奇。重要的是，在"这里"的我，有某种身临其境的感觉——"摄影师的超人之处不在于能见人所未见,而是他正好身临其境。"(《明室:摄影札记》)借用作家阿城的说法:"艺术是一个过程,好的小说,基本都具有可以反复阅读的过程。"

从"那里"到"这里",巴特说:"这个距离并不是批评式的,如果可以的话,我想说,这是一种爱的距离……"

同时,这也是我对艺术的态度,认识并承认距离的存在。足够热爱,自然可以缩短这个距离。但没有这个距离,也就没有艺术这回事了。

新事物：神秘摄影
——慈禧与中国近代摄影技术

当摄影还是新鲜事物时，人们觉得它没用，因为那时候绘画已经可以满足描绘眼前这个世界的需求了。后来，摄影来势汹汹，声称自己更逼真。从技术角度说，绘画和摄影一开始就在争谁更客观（逼真）。其实，到了艺术层面，一切又只能是主观的。在《写真的思考》里，日本摄影评论家饭泽耕太郎引用过美国摄影收藏家斯坦利·伯恩斯的一段话："绘画是富裕的名人为了记忆而使用的媒体，该功能从十九世纪以来一直没有改变，而摄影不仅能创造出视觉图像，同时也是能提供给所有人观看的媒介。因此，过往只有富裕阶层才能拥有的不死性，在摄影出现后便为千万人敞开大门。"

这里有几个常见词："记忆""媒体""图像""观看"；也有一个不常见的词语，就是"不死性"——它的近义词是"长期存在"（永存）。

这和我们的历史情境一下就连起来了。中国历代的古人,尤其是皇帝,就整天研究"不死性"的问题。从效果上看,摄影技术的确能让他们的容貌栩栩如生,宛如"活"的模样。人主观上不喜欢假东西,但和现实一模一样的真实,又觉得吓人。传统的绘画艺术,看似求真,其实也是"造假",为的是让人获得那种好像通过"真实之物"而感知的震撼。但人心里清楚,真实是创造不出来的——这个审美上的暧昧,很有意思。

我很意外地在小说家玛格丽特·尤瑟纳尔的回忆录《北方档案:世界迷宫Ⅱ》里看到这段话:"自从世界诞生以来,被人的聪明才智所控制的光第一次摄取到活人的幽灵,这些今天看来是一些真正的幽灵似的人,立于我们的面前,宛如他们的灵魂所做的那样……"这段话穿插在她对祖辈的回忆中,语气笃定,"有的时候,一些不知是在什么试剂的作用之下缓缓显现的特征只有到今天才看得清楚,而且也只有我们能看得清楚"。

今天的人已经对摄影与记忆的关系习以为常。摄影"虽说更虚幻,却更经久不散,忠贞不贰,它们仍然对依稀往事寄托着回忆、期待和希望……"(普鲁斯特《追忆似水年华:在斯万家那边》)这说明对摄影的印象而言,生活在19世纪的法国人和中国人早期是一样的。大家都认为摄影与灵魂有关,牵扯到不少私人的情感话题。于是,一些宗教人士为了保证他们的公共权威,称这是"亵渎神灵"的个人行为。当年《莱比锡日报》上有篇报道说:"因为神是根据自己的心像创造出我们人类,所以绝对不允许利用人类创造的机器,把神创造的人类影像加以固定。"

在肖像画家走俏的年代，"在普鲁斯特写《追忆似水年华》的时代，摄影还在起步阶段，就像诗人吉卜林的作品中那样，人们常问：这是艺术吗？"（克里斯·马克《非记忆》）事实也是如此，它只给富裕阶层做绘画参考，做医学摄影，或者为死者留下遗照，与大众离得很远。

后来，它在大范围内流传，还是因为人对新鲜事物的认识变了。尤其是摄影的真实感和凝固时间的特性，打动了一部分追求永存的人。我不知道这部分人在西方有多少，但中国历史上应该可以找到非常多有类似追求的王侯将相、皇亲贵胄。

中国人接受新鲜事物的热情一向很高。近代史上发生过的很多事，都能说明这一点，比如开平矿务局最早想用火车拉煤，有人说火车的声音会惊扰皇陵，还出现过"马拉火车"的奇景。李鸿章想办法，先修了一条小铁路，让慈禧太后来试坐，后来她同意用火车，近代工业才前进了一步。还有洋枪、洋炮这些新事物，在淮军里普及得也非常顺畅……按理说摄影技术在中国推行起来也不难才对。

但民间有时爱把一些用西方科学原理才能理解的事物"神秘化"——什么问题上升到"神"那里，人就解脱了。火车拉煤比人拉得多，枪炮比刀枪好用，看得见，摸得着，都好理解。对重形象思维、实用主义的中国人来说，照相这回事接受起来，有点费劲。

"最初相遇的状况，往往会决定之后的关系如何发展。"（《写真的思考》）摄影技术进入中国的时间并不晚，这个所谓新鲜事物，其实一点也不新鲜。

摄影技术诞生于 1839 年。清道光二十四年（1844），

新事物：神秘摄影

广州府南海县（今佛山市南海区）一个叫邹伯奇的人就研制出了"摄影器"。此人成就颇大，明明造出了国内第一台照相机，却没有人在意，更别提向社会普及了——那时照相在中国就像江湖术士会的"吸魂"邪术——虽然留下了"中国照相机之父"的名头，却像很多民间发明家的命运一样，惨遭遗忘。现在玩摄影的人也很少知道他了。文献上能查到的，我国译述出版的第一部摄影专著，刊印于清同治十二年（1873），是英国德贞医生写的《脱影奇观》。该书的前面有刑部尚书完颜崇实的序："光学须从化学详，西人格物有奇方。但持一柄通明镜，大地山河无遁藏。"可见当时的上层阶级对摄影并不陌生。如果再往前追溯，那就到春秋战国时代，墨子的"小孔成像"实验了。当摄影技术的理论基础被我们发现时，中国人或许出于实用主义的想法，没兴趣描述眼前这个世界。到现在为止，我们绘画的主流也不是还原真实的外部世界。

在相当长的时间里——西方人已经慢慢接受了摄影，并且把它和艺术放在一块，我们却仍视其为"吸魂大法"。也有少数传教士在民间偷拍，只不过相片里的氛围多少有些诡异——人们遇上不了解的事就会开始乱想，用形象思维解释抽象道理的结果，认为那个机器会把人的灵魂吸走。我们相信，人是由肉身和魂魄组成的，二者都是实体存在。抽象的说法，应该是除了实际的躯体，还有形而上的精神。

于是，一张张惊恐的脸串起了我们早期的摄影史。

这种情况也是到慈禧接受照相后才有所好转。民间听说老佛爷都爱上了拍照片，一定没什么危险，有的人就也跟着拍，于是摄影技术传播起来也容易了。当然，由于花费比较贵，传播范围还是非常局限的。同样的问题，在西方也出现了，所以人们很快就想到这些照片如果动起来就和绘画区别开了，也更有趣味性了，并且可以扩大受众，这就孕育了电影的发明。

据说慈禧年纪大了之后就喜欢找画家为自己画"小照"——早期摄影主要也就是肖像照。我们这边称活人画像叫"小照"，死人画像叫"影像"——肉身没了，只剩下魂儿，也就是影儿了。"摄影技术"的中文名有点打通生死的意思，各取一个字，叫"照相"。晚期的皇帝很少留下照片，不是摄影没进入中国，只是他们不接受这种新事物而已。

摄影技术没有进紫禁城之前，一些关于中国民间的照片就已经出现。有一种说法认为，照相进入中国要从1844年算起。

西方人在中国拍摄的第一批照片出自负责来华谈判签署《黄埔条约》的法国使团成员于勒·伊迪埃之手，他拍了澳门、广州的不少风景照，还有一些官员商人、中法代表的银版照片。此后，在中国民间拍照的西方人身份就更复杂了，有传教士、旅行商人、外交官、冒险家、军人、记者等，这些人把照片带回西方，大部分作为明信片贩卖，或者成为在香烟包内附送吸引顾客的"烟画"。20世纪上半叶，"烟画"风靡一时，类似早期邮票、钱币的收藏品。这些"小画片"上，都是建筑、风景和器物等东方场景，很少出现人脸——偶有例外，有人曾在英国跳蚤市场看到英国奥登公司1875年发行的一张"烟画"，上面出现了一个穿便装、一脸微笑、标着

新事物：神秘摄影

"Kuang Hsu"（光绪）的中国男人——据说是假的，光绪帝生于1871年，1875年只有4岁。

有了照相的技术之后，在西方人眼里，东方神秘又多了一个观察角度，不再仅来自传教士的文字记录（大部分在我们看来都充满猎奇色彩）和宫廷画师的绘画了。

国人对照相的态度转变，还是1900年慈禧弃京出逃后发生的。

1860年英法联军攻陷京城的时候，咸丰皇帝躲到了避暑山庄。1900年，两国变八国，京城附近的秦皇岛、山海关、保定、张家口等地都被占了，慈禧无处可去。东北地区早就成了沙俄的"势力范围"，往东南富庶地区走的话，张之洞、李鸿章等封疆大吏手握实权，不受清廷控制，很可能有去无回……

1900年8月14日，看上去幅员辽阔的清朝，慈禧太后、光绪皇帝能去的地方并不多，令人更忧心的是，这一走，不知何时能回来。

一篇谈慈禧与摄影的文章为什么要说这个？就在她回宫后的某一天，俄国人进献了一张八英寸着色全家照作为礼物，慈禧看后大惊，心想这玩意儿可比画逼真啊！

几乎同一时间，公使裕庚任期已满，带着两个女儿德龄和容龄回京，很快就被召入宫中。德龄知道慈禧太后对照相感兴趣后，就介绍哥哥勋龄给太后拍相片解闷。有记载说，慈禧每次照相，都会令人在乐寿堂前搭席棚，做好布景屏风，如果是外景，就去颐和园，船上也修了布景。由于身份不同，礼数众多，规定必须跪着拍照，慈禧因为很喜欢他们兄妹，便破例允许勋龄站着。勋龄在宫内拍的相片，除了反映圣容威严，就是利用角色扮演，演绎一些古典的神话传说，显得有些无聊。但在紫禁城里拍照这件事本身比照片内容更有意义。

光绪二十九年（1903），也就是在外两年的慈禧回宫之后的第二年，宫中就发生了一件跟摄影有关的事——内务府设立了《圣容账》，专门记录慈禧拍照时衣服、首饰、装裱及相机使用情况，这标志着摄影正式进入了紫禁城。

《圣容账》记载慈禧一生拍了七百多张照片，光七十大寿头一年，就拍了一百四十多张——数量之大，场景之多，都很惊人。这也说明摄影在中国的发展离不开慈禧的这份狂热。

除了长期为慈禧拍照的裕勋龄，从日本留学回来的任庆泰也进宫为慈禧拍过照。他当年在北京前门外大街开了一家丰泰照相馆，专拍戏装照，久而久之，吸引了许多王公贵族，其中包括庆亲王奕劻。慈禧太后是个戏迷，甚至把戏台修进了紫禁城。听说奕劻去拍了戏装照，慈禧就让他把相片带来，看了之后很喜欢，便专门召任庆泰进宫拍过几次。前门是北京城最重要的娱乐场所，项目越新鲜生意越好。照相太贵，任庆泰早就想把电影技术引进来。京剧名角儿谭派创始人谭鑫培先生支持他，就问：" 你说怎么办吧？" 摄影技术传入中国的时间无可考，最早的电影尝试却很明确，就是在 1905 年，谭鑫培演出了戏曲电影《定军山》，任庆泰因此被誉为 "中国电影之父"。

现在看到慈禧拍的大部分相片都是全身照，还有山水背景。她固执地认为，人不拍全身，会让人误以为身

新事物：神秘摄影

体残缺，背后的图板意境则是为了证明大清皇族的高贵生活。

虽然慈禧拍过不少照片，但最生动的不是出自裕勋龄、任庆泰之手的摆拍，而是一个洋人在城墙上俯视抓拍的——这个角度在过去是不被允许的。这张独特的相片拍摄于北京马家堡车站，时间在1902年1月8日。这一天，慈禧好不容易返回北京，刚一下车，现场就乱了，车站人满为患，外国人和中国人都想趁此机会看一眼太后的真容。

老佛爷这一刻显然忘记了真实的狼狈局面，预感有洋人会躲在某个地方拍照，或许有通过镜头向世界宣告一切如常的意思？于是一边走，一边跟人打招呼。我们在照片上看不到惊恐和疲惫，更看不到真实。其实前面说了，她在西安这两年过得担惊受怕，可是一回京城，她就变了一个样子。

慈禧喜欢的照相和后来说的摄影本质上有不小的区别。以邻国日本为例，"摄影传入日本之际，适逢维系近三百年的江户幕府崩溃崩坏，新社会、新文化的框架重新形塑的时期。或许这种动荡不安、持续有重大变化的社会状况，也正好唤醒人们对'真实'的追求意识"。摄影进中国的社会背景，和饭泽耕太郎在《写真的思考》里提到的这个背景差不多，但出于历史原因，我们一开始就回避了摄影追求"真实"的特点。

在中国，照相不是技术，也不是艺术，看上去仅仅是一种手段。慈禧更想利用摄影技术和西方人搞好关系。每当公使来朝，慈禧就把相片作为礼物赠送，让他们知道，自己并不腐朽，大清也在进步。

就我看过的复制清宫照，最多的就是慈禧的相片（偶尔有溥仪的），不是坐在椅子上的全身照，就是在颐和园赏雪时拍的外景照，一群人围着她，跟拍电影似的，有好多主题，如"西方极乐世界"系列，慈禧扮观音菩萨，由太监李莲英或者另一个红人崔玉贵扮左右护法……德龄公主嫁给美国人之后，写了一本《太后与我：德龄公主清宫回忆录》，配了很多慈禧的照片，这些照片和清宫故事由此传到了西方。

总之，洋人通过裕勋龄的相机一睹太后真容，但如果没有德龄推荐，摄影技术不可能这么顺利进入紫禁城，没有勋龄的拍摄，慈禧也不可能留下那么多相片，让后人有机会对比相片和画里的慈禧。

相片和画里，哪个慈禧更真实？这一直是一个问题。

《写真的思考》里有句话说得好："对日本人而言，只有映照出真实事物所产生的惊奇与震撼感，才被认为是摄影的本质。"

我们不这么认为，照片和绘画可都当不得真！慈禧感慨相片比绘画好时，也不是喜欢真。要不她拍照也不会那么劳师动众，又置景、化妆，又挑选良辰吉日。当时拍照显影时间要好几个小时，慈禧为拍张漂亮、威严的照片受了不少罪——那时人要配合照相机，而不是照相机配合人——坐姿是没办法的事，谁也站不了那么久。还有她和现在的人一样，不喜欢脸上有皱纹，有阴影，摄影师得专挑光线最好的时候，大太阳底下，这么长时间，照片里的人显得疲惫也是没办法的。还有早期摄影没有太多主观创造——创造就是艺术了。

其实，离开中国摄影的具体情况，回到摄影本身的

新事物：神秘摄影

讨论上来，我们会发现西方古典绘画的目标也是追求逼真。不过，这份追求里有主观审美，不是一模一样，但尽量接近"真实"。从更广泛的意义上说，摄影和绘画的确关系密切，从互相合作，到后来剥离成为两种艺术，每一步都涉及很多思辨。

摄影技术的源头暗箱，最早就是画家的辅助工具。拉丁语里，暗箱是"黑暗的房间"，就是在黑房间的墙上装一个双凸透镜的小孔，景物透过小孔，倒映在对面的墙上（或幕布上），画家对着描线。古希腊亚里士多德时代就有类似装置了。后来的画家和测绘人员长期靠它画图——这在 1558 年科学家波尔塔出版的《自然魔术》里说得很清楚："即使是不会画画的人，也可以使用这种装置，就是用铅笔画出轮廓，之后只要再着色就完成了一幅画。这种方法很简单，只要把影像反射在放纸的画板上就行了……"

画家的工作越来越好干了？并没有。暗箱利用光学制造了墙上的投影，剩下还得画家描摹，要不这张"画"在天黑之后就消失了。

经过一段时间的发展，画家的暗箱从室内走向室外，绘画史上一时间出现了各种各样大大小小的小房子（暗箱）：帐幕形暗箱、手提用暗箱等。

其实照相机就是缩小的暗箱。光学让影像反射到墙上，是摄影技术发明的第一步。当时，很多人也都在研究：光反射到墙上是不够的，如何把它固定下来才是最重要的。

发明摄影技术就是奔着取代画家工作而去的。这期间有人发现，光可以让一种化学物质银盐变黑，又有人无意中发现了硝酸银——起初没人知道这对摄影技术有什么用。但这些研究给画家们不少启发，他们画树叶或昆虫翅膀时便在纸上涂硝酸银或盐化银，这样纸上就会留下一个痕迹，他们可以照着描，画面就更逼真了。

有意思的不是实验过程，而是世界上最早的一张照片的拍摄者和世人所知的摄影技术发明者不是同一个人。

2019 年，新浪潮导演戈达尔在《电影手册》的访谈里说到过一个叫尼塞福尔·涅普斯的法国发明家："当尼塞福尔·涅普斯在他的窗边成功拍摄出了第一张照片，他想了什么？在今天，我们可以想象其内容吗？他是否对自己说：'我刚刚做了什么？'而我们，我们在今天认为他做了什么？他实际上做了什么呢？接下来他又花了大量时间去定影这幅照片，达盖尔和他争的就是这个。我管这组镜头叫'固定的想法'。"

戈达尔提到的这张照片就是世界上公认最早的一张，由尼塞福尔·涅普斯拍摄于 1826 年，曝光就用了八个小时，天黑了才结束，是名副其实的"日光绘画"！

从这张照片中的窗口望出去，左边是鸽笼，中间是屋顶，右边是建筑物一角。照片拍出来后，涅普斯拿着它四处申请专利。摄影器材和化学材料不仅贵，化学用品还有毒，当时他已经在摄影上花光了积蓄，又怕泄露秘密，申请书上很多重点也不敢写得太清楚，这也使得大家普遍接受不了这个"说不清楚"的技术。在涅普斯的哥哥因为长期实验生病死后，涅普斯的生活陷入了困境。这时，一个重要的法国人达盖尔出现了。

达盖尔是个画家，也是个商人，很有钱，他做的照相机实验一直失败。于是，他对涅普斯说，我可以资助你做

新事物：神秘摄影

实验，不过成果要共享。好容易碰上一个接受这项技术的人，涅普斯当然同意合作，这样他就可以专心研究技术。达盖尔利用这个技术画了很多透视画。但没多久涅普斯也忽然去世了，这就只剩下达盖尔自己和这项未完成的技术。

涅普斯死后第二年，达盖尔对外宣称自己研究出了新方法，摄影的曝光时间只要两三个小时——这就是"银版摄影法"。但涅普斯和他的合同没有到期，涅普斯的儿子从父亲那里继承了这项权利，也就是在达盖尔售卖摄影专利的过程中，还有民事纠纷。法国政府之前并没有购买专利技术的先例，达盖尔可能想尽快将这项麻烦的技术脱手，挣一笔钱，也可能是觉得自己掌握这项技术没什么用，不如让它在社会上普及。1839年，政府同意购买，涅普斯的儿子通过打官司获得了利益，达盖尔也接受这个结果。

今天很多人已经不会关心谁发明了摄影技术，只会关心自拍好不好看。随着时间的推移，将发明者遗忘，这是技术前进的残酷现实。

前面说的是慈禧活着时和摄影的关系，她死后的故事也和摄影有关。

1908年11月15日，慈禧崩于仪鸾殿，享年74岁，第二年11月9日，一支浩浩荡荡的送葬队伍从京城出发前往河北遵化东陵下葬。队伍中不仅有文武百官、禁卫军、满族子弟，还有不少被画成太监模样的陪葬纸人，这些纸人的身材与常人无异，远远看去很吓人。这些情景能被后人所知，都是因为慈禧葬礼这天，两位伪装的摄影师——福升照相馆的尹绍耕和弟弟尹沧海混在时任直隶总督端方的仆人队伍里拍了照片。他们是在慈禧下葬时被人发现的，好像还因此被判了十年……当然这都是野史了。

  我感慨的是，如今照相早就成了家常便饭，人人拿起手机就能拍，说明人们打心底愿意用照片记录生活了。如果当年慈禧讨厌这个新鲜事物，摄影在中国的出现就不知要晚多久了，"东方神秘感"也不知会被西方人想象成什么样子。从这个角度说，早期摄影是破除神秘感的，只有这样，中国人和他们的生活才有机会比较真实地、不被夸张地呈现出来。后来，摄影一路发展，直至成为一种艺术形式盛行于世。世事轮回，今天的摄影圈又开始流行复古，大肆营造神秘感，欢迎大家尽情想象了。

长镜头：视觉实况
——阿巴斯·基亚罗斯塔米《24帧》拉片笔记

第一帧：55秒至4分35秒

冬天，山区，猎人，即时间，地点，人物。事件是什么呢？等待一下，随着烟囱开始冒烟，风声也起来了。视线集中到这里。然后，人自然会期待着接下来"动"的东西，这就产生了某种"悬念"（也可称为"期待"，即吸引观众往下看）。果然，一只鸟动了（在观众看不到的地方，传来鸟叫声，通过鸟叫声的高低远近，提醒观众感受空间）。时间和空间丰富了视觉。"悬念"还在继续，甚至被越来越大的风声加强了。右边第二个烟囱也冒烟了，随后画面最左边出现第三个烟囱，画面上方落下了雪花。画面左边飞入鸟，没猜错的话，接下来该动的是左边的东西，果然小狗动了，左边出画。随着牛叫声，很远处从左向右有牛群经过。一幅生活感很浓的景象。画面里始终有动的东西牵引着我们。当牛即将从右边出画时，左边又有狗叫声（那条小狗又回来了，左边出画）。画面下是一只鸟在动，与画面上方的飞鸟，保持着整幅画面的平衡。鸟飞走，雪停了。画面回到最初的样子。人一直没动。一个长镜头内部的"动作"和"声音"的调度，一刻没停，并且有悬念地在一个画面的横竖、左右、上下维持着一个有序的稳定。画面的稳定，同时也是场景传递给人的感受，不一定依赖人，依赖故事。视觉给出的感受，就是寂静，听得见鸟叫、狗吠等。

第二帧：4分46秒至9分3秒

声音先入，车声，有人在车里。窗外是一匹马平行前进。渐渐地，车超过了马。在完全超过之后，车就停了。车窗摇下，马从右侧跑入画，几乎与车窗下摇的速度相同。车停住（保持降了一半的车窗制造出一个景深：前景在玻璃，后景在树）。这时左侧跑进来另一匹马。两匹马主要在树后面活动，这是第三个景深。马在树后干什么？如果是人的话，我们会想象一下。所以，整个画面声响一直存在，在马不动时，声响烘托氛围，使画面不至于枯燥。雪一直在下，风声一直在响。这幅画面还有其他消息要说，但我们不知道是什么。一个爱情故事？爱情故事的结局通常是两人相会完就该离开了。两匹马果然也是从画面右侧出画（这是第一匹马来的方向）。车动了，车窗向上。上下，左右，动静结合，故事也讲完了。

第三帧：9 分 16 秒至 13 分 42 秒

鸟叫声在前，画面是大海，海鸥并未出现（什么时候会出现？）画面下方是个带斑点的东西，镜头又给了点时间，我们发现它在动。整体构图与下面的物体产生一种压迫感，画面上方是海浪，海浪也有左右方向的。画面维持在一个基本稳定的状态，也有一些失衡（海浪由上自下，对那个物体造成冲击）。接着，鸟出现了，分布在画面中间，增加了画面层次。海浪已冲到那个带斑点的东西，它没有太大反应。这里我们就会想，这个东西是不是快死了？事实上，我们还不知道它是什么。这时，从画面左侧走入一头奶牛，我们由此推断，躺在地上的带斑点的东西也是奶牛（电影的信息量攥在导演手里，一点点撒出来）。运用参照物是其中一种一举多得的手法：既让观众获得有效信息，又制造出人的期待感，同时还丰富画面内的元素。奶牛是不是受伤了？为什么躺在地上？这明显比最早不具体的感受更强了。路过的奶牛看了它一眼，也走了过去，紧接着一群奶牛走了过去。牛群一直经过，画面上方的海浪保持着冲击。我们的疑问升级了（一只乌鸦从左侧入画，站在躺着的奶牛身边，乌鸦叫声意味着死亡。我们几乎相信自己的判断了，奶牛快死了）。这是一个悲伤的故事。如果是人类的话，他们残忍地抛弃同类，观众就会有一种代入感，心情随着海浪声越来越复杂。忽然出现意料之外的故事：地上的奶牛抬起头，站了起来，乌鸦从右边出画。前景飞过一群海鸥，奶牛悠闲地从右边出画。它没有被抛弃，只是与大家不太一样。当我们在一个固定的黑暗场所，没有外部更多有趣的事，必须面对这些画面时，我们的注意力一定会受到运动事物的引导。想象只能在这个时刻产生。走出影院，离开这里，外面很多事情都比这些有意思，我们也不会留意。环境使观众对同一部电影的感受完全不同。

第四帧：13 分 55 秒至 18 分 17 秒

一种不太平衡的构图，意味着一种危机会发生。忽然，枪响了，鸟群飞起来。一群慌忙的鹿，从枪声发出的地方跑出来，从左侧到右侧，最终出画。这些慌张的鹿，意味着画面左侧看不到的地方发生了危机事件。乌鸦从右侧飞入，也把画面的层级做足了。我们跟随乌鸦的视线，注意到那群鹿并没有全部跑过去，剩下一只，它正转头看着左侧的"危险之地"（我们不明白它为什么不跑）。近处又传来似乎是鹿受伤的叫声，加剧了我们的担忧。从小路左侧又跑入几只鹿，我们以为这只一直凝视"危险之地"的鹿会跟着一起走了，但它并没有。它加大了步伐，朝左侧走去。同时，枪声再次响起。一群鹿跑得比之前那些更快更慌，危险就在前面了。一切声音，乌鸦叫声、狗吠声等都意味着危险在加深。这只孤立的鹿停在那里，望着画面左侧。这时，左侧走来另一只鹿。两只鹿不慌不忙地从右侧走出了画面。这只鹿可以象征创作者一种不为所动的信念——可能是市场，可能是人群，可能是其他，但这与那只鹿本身无关。

第五帧：18分32秒至22分26秒

阿巴斯偏爱这种预示着危险的画面："故事性构图。"一只可能是掉队的小鹿在前景吃草，画面看起来很恬静。一会儿，一股预示着不安的音乐声响起，我们开始为这只鹿担心。小鹿一无所知。乌鸦的叫声响起，你看，死亡来了。它会死吗？一群慌忙的成年鹿从右侧入画，在前景跑过，它们离观众很近，也就是说，危险可能就在身边。小鹿依然不为所动。乌鸦的叫声越来越大，画面上伴有飞鸟的影子。声音越来越恐怖。忽然，远处的枪声响了。小鹿的反应几乎是整个画面中最大的一次，它看了一会儿画面深处，我们预感到它马上就要跑了。紧接着，我们希望它能跑掉，逃过危险。幼鹿的移情效果大于成年鹿，也就是说毁灭童真的东西力量更大。在小鹿跑走的同时，突然又一声枪响，小鹿扑倒在地。它的挣扎和死亡被草挡住了，被有意地遮掩在我们看不见的地方（导演不希望我们看清死亡，但提醒我们，危险就在看不见的地方）。

第六帧：22分40秒至27分16秒

歌声率先响起，透过窗子，微风轻拂，树叶随风摆动。我们想象屋子里可能坐着一个人，或者说，屋子里的就是我们，是观众。窗口框定了一个发生故事的区域，这里的所有事物都为叙事和渲染感情所用。大树随风摆动，预示着外面的世界天气尚好。我们和窗里的人一起聆听音乐，享受片刻的安静。这时，一只鸟落在画面右下角，显得很孤单。也许屋子里的人也有同感。歌声继续，虽然不知道歌词的意思，但这似乎是一首悲伤情歌。这时又来了一只鸟，打破了刚才的安静。两只鸟互动了好一会儿，画面再次恢复此前的宁静状态。风忽然变大，树的拂动更大，画面情感也更浓。一只鸟出乎我们意料地飞走了，另一只也显得有些待不下去。如果这是一个人类的爱情故事，大概可以概括成，从孤单到相遇，再从浓烈到分别的过程。最后，那只鸟也飞走了。

第七帧：27分29秒至31分55秒

彩色画面。海边扶栏，一只鸟落在栏杆上，从右往左走。海浪拍打着海岸。闪电意味着很快就要下雨了。那只鸟停在栏杆中间靠右的地方，凝视海面，像在等什么。雨越来越大。画面左侧来了一对鸟（注意是一对）。事实上，它们的出现，更凸显前面这只鸟的孤单。我们的注意力一定会被这一对吸引。它们开始在画面最左侧，与孤单的鸟离得很远。随着它们向右侧移动，那只孤单的鸟再次被我们看到。孤单的鸟飞走了。那一对也不断往右挪动，经过它之前停留的位置，慢慢地移动到了画面的最右边。其中一只飞走了，画面上又剩下了一只鸟。画面看似回到了开始，但已经发生了本质的变化。所有相聚都会别离，一切看似美好都会结束。这是一个关于生活的故事。

第八帧：32分8秒至36分38秒

这个构图与上一个画面相似：同样是海边扶栏，呈远眺的视角。海面上立着四根柱子。从图片效果看，这是一幅精美的照片。小船从画面左侧入画，右侧出画（动态画面的层次也足够丰富）。一只鸟飞到柱子上，另一只鸟又飞走。我们这才恍然：原来每根柱子上都落着一只鸟。鸟儿之间互动，不断交换落在柱子上的位置。那条船又从右向左，速度更快地穿过画面，似乎发生了什么事。然后，一大群鸟惊飞，几乎遮盖了大部分画面（印证了我们的想象，在我们看不到的画面左侧，船赶过去的地方，的确发生了什么事）。四根柱子上的鸟却无动于衷。大事发生时，不受打扰的安静是冷漠的。这里有一个导演的态度，但我们无法断定是赞美还是批评。

第九帧：36分50秒至40分54秒

镜头从一个圆洞里窥视两只狮子。公狮站着想走，母狮趴在地上。它们要去干什么？电影有窥视他人的属性，这种镜头一般用于反应私密性的内容，难道是画面里可能会发生私密行为？这时，雷声响起，闪电划破天幕，风也大了，前景有雨滴，地上飞过一些树枝。站着的公狮叫了几声，但母狮没有反应。雨越下越大，阳光打在那座土坡上，发生光影变化。公狮只好也趴在地上。接下来的画面中除了雨滴声，一切都是静悄悄的，充满了期待。阿巴斯有句诗："谁都 / 无能为力 / 当天空这样专注于 / 下雨。"母狮站了起来，打破局面，走到公狮跟前。原来它们可能只是初次相遇，如果刚才公狮走了，就没有交配这一幕了。公狮获得了爱情。因为窥视也带来了某种对爱情的不安。

第十帧：41分8秒至45分34秒

大雪之中，画面中心有一棵树，一群羊将头抵在一起围着圈取暖。羊群边上躺着一条牧羊犬。狼叫声唤醒了狗。动态的狗和静态的羊群形成对比：警觉与全无反应。羊群代表着无害，狗却介于危险与无害之间。随着狼叫声传来，我们通过狗的反应判断危险的距离。忽然，狗站起来，朝镜头走来，似乎是在向观众说话。在它和羊群的身后，白茫茫的背景之中，一只狼由画面右边入画。狼似乎并没有朝牧羊犬这边看。这时候，牧羊犬迅速回到羊群中（导演只给我们看到了这些）。狼走到树后，也许距离树还很远，视觉在这里有欺骗性。总之，我们看不见它，这是最危险的。牧羊犬能保护这群羊吗？这些担心都在最后一串叫声中（我听不出是不是狼发出来的）改变，狼逃跑了。危险过去了。悬念保存在那个声音里。是什么使狼离开了？未解之谜。

第十一帧：45分49秒至50分14秒

这是上紧下松的构图：大树在画面的上方，下面大量留白。右下方有三只狼正在分食猎物。雪花朝着镜头涌来，给观众直接的感受：天寒地冻。画面给人的感觉是随时可能发生事情。此刻，其中一只狼走到画面最右侧（它要离开？没有。它又朝画面左侧走，经过一段挡住它身体的山坡，一直走到了画面上方的大树下）。直到这时，我们才留意到树下有东西，这个东西抖了抖身上的雪，站起来。那是一只狼。画面下方的第二只狼循着同样的路线朝大树下走去。这时，只有一只狼还在右下角。这个失衡的画面预示出一种危机：是不是要发生什么了？是不是会有猎人出现？悬念产生了。可慢慢地，我们看到正在上山的第二只狼停下了。画面静止了一会儿后，所有的狼聚集到画面右下角，视觉上又恢复了平衡。也就是告诉观众，不用担心了，眼前的世界暂时不会发生什么事了。

第十二帧：50分30秒至54分57秒

室外是晴天，阳光充足，绿意盎然。室内的椅背局部遮挡了大部分的窗帘，塑造了层次。窗户有一个格子的保险窗，一个不知道是什么的暗影。画面左侧走入一只鸟，右侧也走入一只鸟。它们飞走后，一对鸽子走到窗外。阳光在变化，一会儿暗下来，一会儿亮起来，最后"暗影"也动了起来，也是一只鸟。我们想到什么了吗？画面的构造让我们的视线集中在那块绿色的空间，左右都已经有了运动的事物。视野有限，这就决定了一些信息只能靠想象。这只鸟一直不动，直到画面左上方走来一只鸽子，走到那块绿色的草地上时，暗影的身份彻底被揭开。它是一只鸽子，它大概是在等这个同伴。它们一直朝画面右下角飞去，我想这是为了平衡水平方向上的视觉。整个画面右侧显得单薄，左侧过于闭塞

(左侧椅背的面积也大于右侧)。我们没看见它们飞走，只听见扑棱翅膀的声音。最后，画面恢复如初，声音完成了结尾部分的叙事功能。

第十三帧：55 分 10 秒至 59 分 40 秒

海鸥，海岸。似乎有很大的风，海鸥吃力地飞翔。一声枪响，一只海鸥落在岸上。另一只海鸥落下来，似乎在哀悼。那群飞着的海鸥已经散了。海浪涌来，落下的海鸥朝死去的那只走近，发出一声哀悼般的叫声。海浪在它们脚下，我们同情那只海鸥死去的同时，被这只守在旁边的海鸥感动。如果没有它的移动，我们意识不到在我们看不清的地方死了一只海鸥。运动物体的存在，提醒我们，不要忘记刚发生过的故事。这时传来第二声海鸥的鸣叫，我们在想，它会什么时候走呢？海鸥陆续飞来，地上的海鸥一直没离开。这个画面蕴含的信息量足够我们去想象。一个关于生死的体悟，就在一个画面中完成了。

第十四帧：59 分 52 秒至 1 小时 4 分 37 秒

这是一个特别的构图：从二楼，透过斜角拍摄一层的窗口。窗口来了一只鸟，紧接着第二只，第三只，第四只……它们在捡食。声音响起，一辆摩托车从画面右下角入画，左上角出画。一群鸟被吓跑了，只有一只鸟继续待在那儿。这是整个颓败的画面里，唯一生动的地方，同时也提示我们，这个颓败是构图的一部分。鸟儿又慢慢聚回来，继续觅食。一辆摩托车又从画面左上角驶来，它的运动方向切割着画面。群鸟被惊散，又聚集。重复的意义在于给观众留下印象，而导演真正要做的是下面的事情：一辆车停在那里，完全占领那块空间。很多时候，看不见，即意味着一种"消失"。局限的生活，也如此轻易地被摧毁了。

第十五帧：1小时4分51秒至1小时9分20秒

六人背影，远处是标志性的铁塔，预示着地点、人物，只是尚不知时间。这是这部电影里，第一次出现"人"（在阿巴斯的影像世界里，"人与动物"的意义平等）。人物站在桥上，背对观众，一动不动。他们在看什么？我们好奇。注意六个人的站位：五人在画面左侧，一人在右侧。前景走过几个行人，开始的天气还好，后来人们围起围巾，风声增大，天空飘起雪花。画面提示一个时间流动的进程，天越来越暗，直到完全黑下去。铁塔上的灯亮了起来。左侧，一个弹吉他的女人入画，注视观众。桑塔格的《论摄影》里说过："面对相机代表庄严、坦白以及对象的存在显露。"这是一种与观众的互动表现，她注视观众，即表示与画面外的人所掌握的信息量相等。人们会自然地对她产生好感。后来，女人看向六个人所看的地方，久久背对观众。直至结尾，女人转过身，她脸上的笑容意味着她可能看到了我们好奇之物，而我们一无所知。弹吉他的女人也是创作者的隐喻：一个作者知道的东西永远比观众多。

第十六帧：1 小时 9 分 33 秒至 1 小时 14 分

海边，一条破船，前景是四根石柱，三根占据画面左侧大部分空间。一道铁丝网把整个画面隔成两个空间：海边和我们眼前。一只鸭子从画面左下角跑出来，画面在视觉上变得平衡。鸭子的叫声在远处，似乎是左侧上方，我们通过这只鸭子的视线，也看向远处，那条船在动。这只鸭子离开了，画面里鸭子的叫声越来越近，几只鸭子从左侧上方入画。整个画面上方开始出现生机。刚才那只鸭子又出现了，它似乎就是在找鸭群。问题是铁丝网把它们隔开了。远处再次出现鸭群时，孤单的鸭子依然站在铁丝网的一侧。鸭群开开心心走向大海，只剩下一个观望者。一切似乎不会再有联系了。这只孤单的鸭子离开铁丝网，消失在画面外。观众共情在一种失落感里。远处画面上，忽然从上方朝镜头跑来另一只鸭子。此前那只消失的鸭子兴奋地再次跑到铁丝网前。它们隔着铁丝网相会。过了一会儿，它们散开了。铁丝网两面，一面是快乐的群体，另一面是孤单的个体。

第十七帧：1 小时 14 分 12 秒至 1 小时 18 分 43 秒

一只小鸟，一个树丛，雪花飘落，一切都很安静。小鸟在树丛下活动，画面上方，飞来一只大鸟。后来大鸟飞走了。画面右侧走入另一只大鸟（不知道是不是同一只）。它们会发生什么？导演利用"视觉"制造了一个偏差：在平行面上，它们其实是不会相遇的。这时，画面左侧走来一只大鸟，走向树丛后。画面中响起嘈杂的

长镜头：视觉实况

鸟叫声，感觉离我们很近。忽然两只大鸟从树丛后走出来，刚才的声音可能也是它们发出的。它们的运动幅度很大，声音也很大，暂时吸引了视线。它们旁边又走来一只大鸟，没有停留，径直飞走了。视线再次从左至右，回到小鸟的身上，小鸟一直在同一个地方吃东西（我们没有注意雪越下越大，几乎看不见小鸟了）。最后，两只大鸟飞走。谁也没有对谁产生什么影响。

第十八帧：1小时18分55秒至1小时23分29秒

铁丝网预示着阻隔。铁门半开，似乎留有一线生机（门半开着，铁丝网却是完整的。这是残酷的一种现实，比全是铁丝网更残酷）。远处有一只鸟，近处也有一只鸟。不时有鸟落在雪地上，透过铁丝网，看到无数空间——铁丝网也是无数个"窗口"。忽然一阵巨大的鸟叫声，我们感到可能会发生什么。铁丝网一侧注定无法影响另一侧。从画面左下方，忽然扑入一只猫。预感的事情发生了。猫捉住离铁门也是离我们最近的一只鸟，然后离开了。为什么选择这个距离呈现事件呢？视觉的冲击力最大，观众的反应最强。

十九帧：1小时23分43秒至1小时28分11秒

前景模糊，焦点在树林深处。我们预感深处将走出什么——果然走出来一群牛。通过对比，可以知道前景的模糊物体是一头奶牛。画面层次也被营造出来了。这群牛走过去后，我们发现还有一头牛停在树林深处，没有离开。这时，又有一群牛走了过去。停在远处的那头牛依然没有离开。又一群牛走过，前景的牛有了动作：它抬起了头，看向树林深处。导演利用一个视觉遮挡，让我们在一段时间内看不到远处那头牛（误以为那头牛跟着经过的牛群走了）。可是在前景的牛低下头后，我们才发现远处那头不动的牛不仅还在那里，还在我们不知不觉间朝镜头走近了。这时，前景又走过了两头奶牛，出现了遮挡，这次远处那头牛真的走了。这是导演在利用视觉牵引观众的注意力，制造悬念，释放信息。

第二十帧：1小时28分23秒至1小时33分02秒

窗户，折射，阴影。这是一个稳定构图。画面中央有一只鸟（周围鸟叫声不止），它是唯一运动的物体，我们的视线跟着它从画面左侧出画，又返回原来的画框内。这时来了第二只鸟，与我们的期待相反，它们似乎未产生互动（之前强调声音与鸟的动作，使我们认为是它的叫声引来了另一只鸟，然而并不是）。也许另一只鸟只是意外闯入画面。然后它们向画面上方移动，一前一后，牵引视线，往阳光照射的方向走去（通过阴影可以判断太阳方向）。这应该是一场误会，但在故事的结尾，原来那只孤单的鸟快速追了上去。后面还有故事？不知道。

第二十一帧：1小时33分18秒至1小时37分55秒

模糊的影子中，可以判断出有一棵风中的树和一只鸟。我们不知道画面被什么挡住了。开门声，钥匙磕碰声，尤其是脚步声为画面增强了神秘感和故事感，与窗外的树和鸟，形成了一组关系，也就是表示两个空间都是有信息的，只是被阻挡了。观众想看到清晰的事物是一种视觉本能，阻挡注定让人产生一种不舒服的感觉。这时，我们在想这个模糊的东西（窗帘）是否会被拉开？室内声响就是为拉开它存在的，类似于剧作中的"功能性人物"。窗帘被拉开后，树木和鸟清晰地出现在眼前。那种窗帘背后、模糊之中的运动，似乎不再吸引我们，神秘感随之消失。观众开始期待新的运动物体：一只鸟飞入画面，在很远的地方，又飞走了。脚步声属于一种我们看不见，但是能感觉到的"运动"（好像是人走远了，关门声响起）。人是不是会出现在画面里？没有。随后，鸽子叫声响起，我们预感到鸽子将出现。果然，鸽子从画面右侧入画，出现在窗台上，又从左侧飞出。是不是已经忘了那棵在风中摆动的树？导演让观众看到了他想让观众看到的事物（基于这些信息所能拼凑的情节，或者产生的情绪）。人的感受，在变换的声音和移动物体之间是受视觉影响的。

第二十二帧：1小时38分8秒至1小时42分35秒

大海上，一只鸟，站在一根立着的棍子旁，棍子上挂着塑料袋。狗叫声在画面之外。一条狗毫不意外地从左侧入画，对着鸟叫了一会儿。鸟飞了，狗也追着它跑远了。过了一会儿，狗从画面左侧入画，继续对着塑料袋吠叫，我们意识到狗叫的原因也许不在于鸟，而在于塑料袋。叙述的目标转变了。后来，狗离开了，我们还盼着那只鸟回来，可是没有。画面又重复了一次狗对着塑料袋吠叫的剧情，然后狗又来了。重复是一种强调，也是一种"冒犯"。人们开始厌烦（狗叫声也让人产生焦灼）时，挂着塑料袋的棍子倒了。小狗以胜利者的姿态面向镜头吠叫，似乎是在表示激动，然后从画面左侧出画。

第二十三帧：1小时42分48秒至1小时47分18秒

此前全部画面一般都是平视，这里是例外，变成仰拍。木材，树枝，天空，把画面分割成几块。画面中运动幅度最大的是风中的树枝。不注意看的话，可能不会留意木桩上落着一只和木材同色的鸟，因为鸟几乎不动。这个画面和以上所有画面都不同，质感像数码拍摄的视频。周围的声音一直在响，随着小鸟头的转动，各个方向都有声音响起。电锯的声音响起时，我们觉得理所应当，因为画面主体是一堆木材。木材后一棵树倒掉，我们知道电锯就在后面，而且画面上仅有的另一棵树也将倒掉（整个画面构图面临改变）。事实就是如此，两棵树都倒掉之后，鸟也飞走了。以整个画面唯一的动物——那只鸟来说，从最初的静止不动，到第一棵树倒下后略显慌张，最后到两棵树都倒下后的仓皇逃走，不断积累之后，质变就发生了。

第二十四帧：1小时47分33秒至1小时52分20秒

这是一个发生在电脑屏幕里的故事：窗口，夜晚，趴在桌上的人，同样亮着的计算机屏幕（我们称这个为"小屏幕"），以及小屏幕里的画面。这是一个电影工作者。台灯斜照，音乐声和窗外的树木摆动节奏一致。小屏幕里的画面动起来，一帧一帧地运动，寓意电影的产生，内容是女人拥抱男人，男人亲吻女人（这是电影剪辑完预览生成的过程，计算机里的电影黑下来，出现"the end"字样）。而整个大画面里，除了窗外的树在动，其他的东西都是静止的（长时间运动与静止产生的信息量都比较低，只有当运动物体停止，或消失的一瞬，静止的东西才会受到关注）。

为什么会出现好多关于窗口（门）的画面？窗口既隔开了内外世界，又因为可以观看而把人和世界连接在一起（窗外发生什么，可以与观众无关，那种置身事外的安全感也很重要）。银幕把观众和影像世界隔开了，又将观众引入那个世界。趴着的人已经太累了，观众一直跟着前二十三帧画面，来到小屏幕里电影的最后一个画面。当大画面再次回到初始时，观众已经有了不再相同的感受。画面中的人守着电影安然入梦。看阿巴斯的这部电影时，他已远去。一切在一种伤感的情绪中结束。

"画外"的话

观众在电影里看完他人生活，还是继续走自己的路。窗外的世界，总是与我们息息相关，又互无打扰。我最早接触艺术电影，就是从阿巴斯开始的，我不觉得自己看明白过他，也不觉得他想让观众明白什么思想，这些都是附加物。而他的遗作《24帧》（毕竟署了他的名）有多少内容和他真正有关还不好说，可以确定的是其中讲述了电影本体，也就是视觉的秘密，像看了一场实况录像，最后结束在小屏幕里的美国电影《黄金时代》(1946)的末尾处。"黄金时代"也像是对阿巴斯电影生涯的总结。

结语

关于人工智能的话题,已经不可避免了。最近,我忽然收到了一个做创作的朋友发来的一些利用这项技术生成的画、海报和照片,还有文字翻译准确度的对比。那一刻,我忽然理解了 ChatGPT、AI 等新事物为何引起了如此大的关注。显然它和其他之前所有的流行事物不同,已经威胁到了人的生活和工作。面对它的到来,大家既兴奋又恐慌。

乐观地看,艺术很可能是未来较少受威胁的领域之一。

这里用一个故事说明:"传闻博学的天才达·芬奇曾设计过一架复杂的调色机,以机械的方式来调和色彩。他的一位学徒,反复试用他的调色机,也无法调出满意的色彩效果,失望之余,向同辈打听大师自己是如何使用机器的。同辈答曰:'从未用过。'"这个故事出自二十世纪初画家康定斯基的《艺术中的精神》，是对"我们有精确的砝码和天平，但即使是最精确的称量和演算，也成就不了艺术，因为真正的艺术比例，断不可计算，真正的艺术尺寸，也断不可复制"这段话的注解。

我认为，它可以暂时回应一下这个热点话题，也能缓解一下朋友的焦虑。至于更具体的，除了继续观望，别无他选。

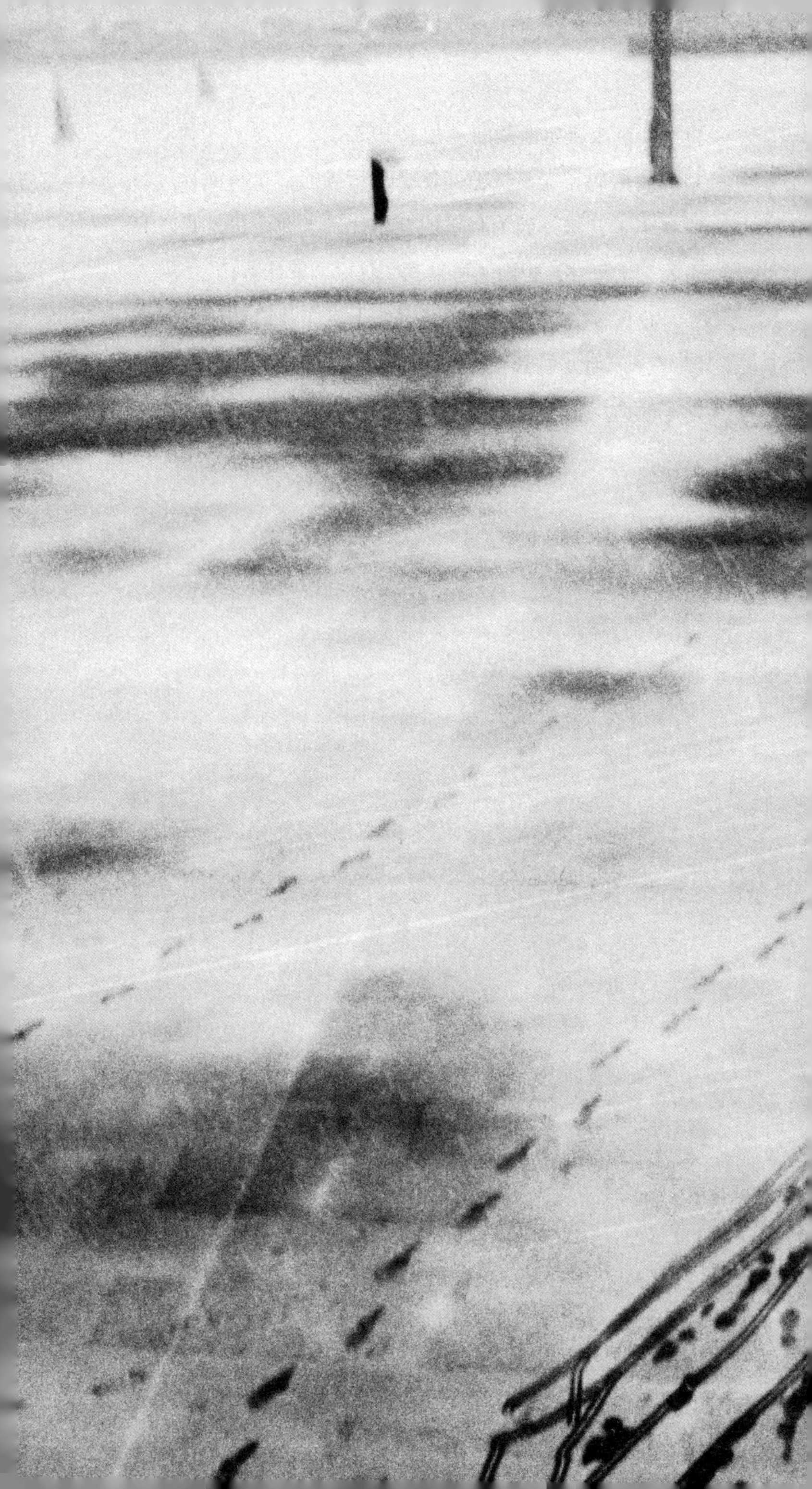

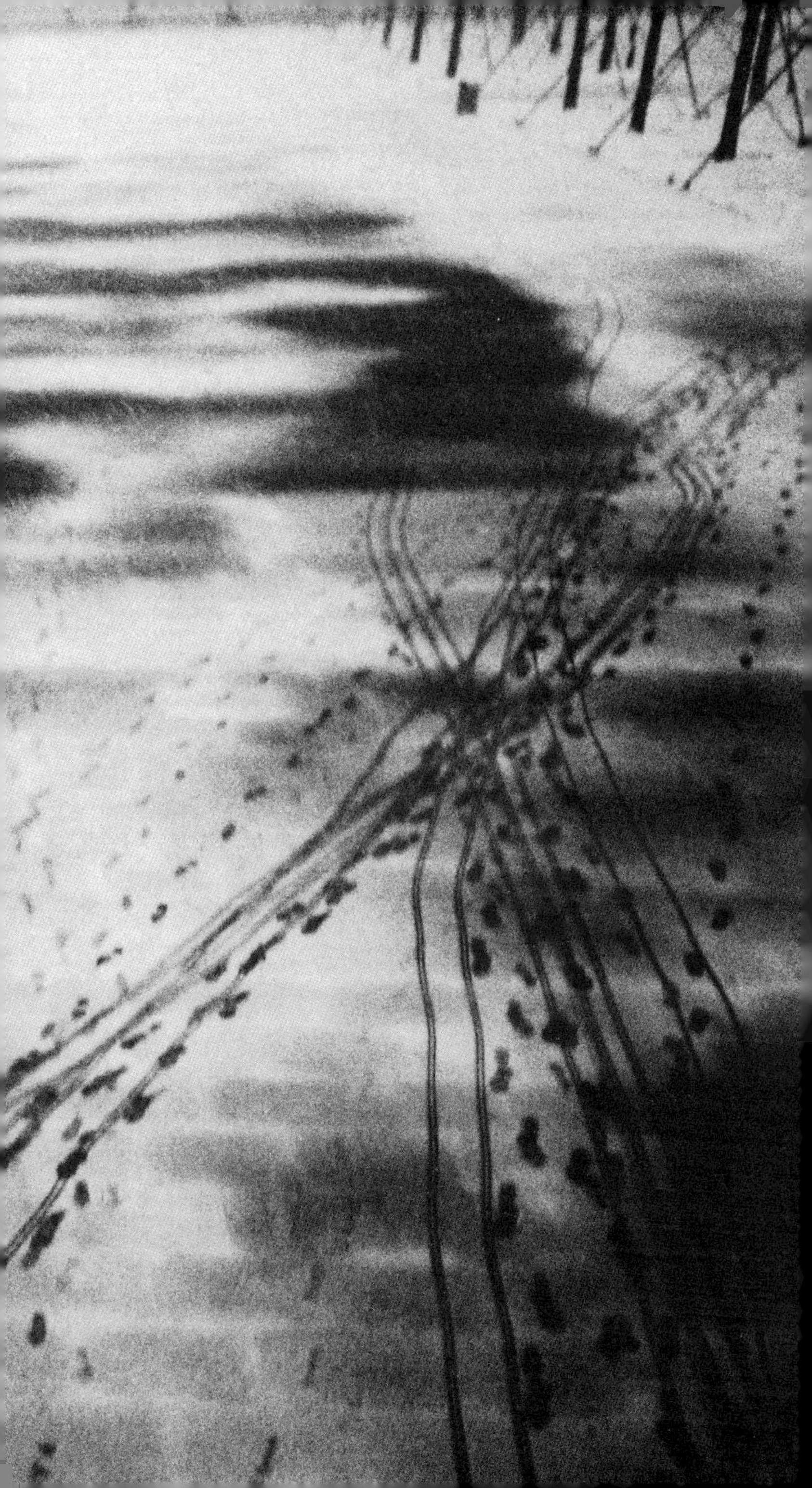

附 录

书写的目的

> 美术,世界所公认的为图画、雕刻、建筑三种。中国于这三种之外,还有一种,就是写字。
>
> ——梁启超《美的生活》

这个话题可能与我有点关系。我自己中学时代是个书法爱好者,现在的确有点大胆乱谈了,所以作为附录放在最后,算是对自己贸然写艺术的一点点解释。

我对小时候那段"艺术人生"的记忆,是每写完一幅字必贴在墙上,隔三岔五搞一次"个展",自我陶醉一番。保存在我家相册里的好几张照片都可以作为证据——都是自己站在"作品"前的摆拍,带着久违的自豪样子。父亲去世后,我的大部分生活都处于低落状态,在人群中躲着人,也不喜欢说话。写字的爱好让我变了一个人。这个爱好最狂热时,母亲还领着我去隔壁村找文化人看过我写的字。记忆中附近村里仅有的几个会写字的文化人自然都看不上。我记不得他们说过什么话了，不过好像去拜访几次之后，我自己就把毛笔收起来了。

我始终没想明白这段往事里的一个问题：我写书法的目的是什么？

现在人都把练习书法当成修身养性的事情，可能是因为书法的确离实际生活太远了。早期书法实用性大，就是交换信息用的，字迹一定要容易辨认，不要耽误事，否则还不如结绳记事。现在看来，我写毛笔字可能也是想说事，毕竟在外面憋了很多话。但当初更多的应该是喜欢把这些字写出来，贴到墙上的感觉。这篇文章就是顺着我想象的那种感觉来写的，写字之前，肯定是看字帖。

之前我对名家书法都是唐、宋、明时期的而感到很奇怪。以唐朝为分界线，台湾大学艺术史博士高明一写的《中国书法简明史》说得很详细："唐以前是倾向以书（字）体史为主，即以不同时期文字演变过程为阐述对象。唐以后，文字的变化已经定型，成为我们现在所熟悉的造型，因而书法史的内容不再是书体史，而改以风格史为主，即着重每个时代或各个明星书家如何表现文字造型的美感。"解决了字的功能问题，才有可能出现张旭、怀素、颜真卿、"初唐三大家"这些明星书家。没有他们，也许就没有"书法艺术"一说了。

我知道，现在书法被简称为"笔墨"。对很多人来说，会不会太古老了？

放在现在看，笔是造型，墨是色彩，都是相当现代的概念——我小学时就有书法课，课上老师把造型叫"间架结构"，把色彩叫"墨分五色"……原来的书法是要清清楚楚地告诉你事情。现代的艺术已经什么也不会告诉你了，但人进步了，学会从中体会到更多书家个人的情感，比如颜真卿《祭侄文稿》、怀素《自叙帖》、朱耷《临河序》等。

最初的字，写在什么地方的都有，甲骨、铜器，再不就是竹简、丝帛、石头。等到字写在纸上，就已经很接近我们现在了解的"书法"了。实际上，东汉蔡伦之前就有了纸，不过材料可能太贵。"纸"字的偏旁，说明最早的纸可能是丝做的，比如帛是用蚕丝织的，西汉时还有用蚕茧外面的乱丝漂制成的薄片等。

我在这里是想说蔡伦只是把造纸推广到民间的人。经他改造，麻头、破布、树皮这些普通的植物纤维都可以做纸了，成本一下就降低了。发明界这样的事挺多，重要的是造纸结束了在竹片上写字的时代。

为什么单提这个？因为想到一个电影圈里的词语"杀青"，是结束的意思。细究起来，这个词和书法还有些关系。

纸发明以前，字都是写在竹简（或木牍）上的。竹简就是先把竹子切成竹筒，再根据用途不同，把竹筒劈成长短不同的竹片。新鲜的竹片上带有水分，竹子也有青皮，不够平整，弧度太多，不易着墨，于是要去青皮，烤干水分，刮出平面，这个过程就叫"杀青"，也有叫"汗青"的——"留取丹心照汗青"，后来变成了"史书"的含义，也与书写有关。

书法史再简明，也绕不过王羲之。明星书家赵孟頫写过一篇"学书心得"《兰亭十三跋》："书法以用笔为上，而结字亦须工。盖结字因时相传，用笔千古不易。"就是说，王羲之的字帖，基本上是历代书家的标准，即所谓"法书"或"法帖"。换句话说，书家都是从这里起步，走向"自己"的。我还记得当初写毛笔字，被很多老师批评"没有走先学跑"，心里不服，现在知道了原因。其实，写字怎么也逃不过时代的风格，一个时代流行一种笔体，这是局限，也可以认为是在学写字的范围里画了个圈。这么说是我觉得一般人写字就没有想过自成一家。现代大部分人写字，没有了升官、出名的目的，甚至没有目的。

宋高宗赵构经历了黄庭坚、米芾，一路学过来，最终转向王羲之、王献之一路。为什么又是王羲之？

有人说，赵构写王羲之，和宋朝当时的社会环境有关——国度偏安南方，风雨飘摇，金兵压境。他需要一种精神鼓励，而王羲之的伯父王导所在东晋初年情况相当，民间传说他帮助司马氏稳定政权，有"王与马，共天下"的谚语，赵构也想听到类似王导鼓励臣民"当共勠力王室，克复神州"的话，内心自然也深有同感。

东晋王羲之的字用笔精到。《晋书·王羲之传》明确写着"玩之不觉为倦，览之莫识其端，心慕手追，此人而已"。没有唐太宗的喜欢，王羲之未必暴得今天的大名。

到更高处的理解，我们看古典作品，经常强调礼乐典章对国家的重要。作家阿城在《文化不是味精》里说到过："周公制礼乐，这个'礼'，就是文。"还结合周朝初建时的社会环境，说"制礼乐"就是采取文的方式稳定大局。初唐时期正好也是如此，唐太宗推崇王羲之的书法，明显是"制礼乐"，引导文化传播的基础。

所以，我个人觉得王羲之书法的意义大于我们后来说的那种纯观赏性的书法。

说王羲之，不能不提《兰亭序》。这个名字是唐朝时候改的，过去它就叫《临河帖》，都是地理位置。清末碑学名家李文田考证过晋史并没有记载这个帖，直到南朝刘孝标所注的《世说新语》才提到《临河序》（不过全文是153个字，与后世流传的《兰亭序》324字版本出入很大）。还有唐太宗怎么得到《兰亭序》的故事也有几种版本，这些都是不解之谜。我们按何延之《兰亭记》里的说法："至贞观中，太宗以听政之暇，锐志玩书，临右军真草书帖，购募备尽，唯未得《兰亭》。寻知此书，知在辩才处，乃降敕追师入内道场供养，恩赉优洽。数日后，因言次，乃问及《兰亭》，方便善诱，无所不至。辩才确称：往日侍奉先师，实尝获见。自禅师丧后，洊经丧乱，坠失不知所在。既而不获，遂放归越中。后更推究，不离辩才处，又敕追辩才入内，重问《兰亭》。如此者三度，竟靳固不出。"

反正是遇上了一个顽固的人，于是想到"右军之书，朕所偏宝。就中逸少之迹，莫如《兰亭》，求见此书，劳于寤寐。此僧暮年，又无所用。若为得一智略之士，设谋计取之"。这个智略之士就是监察御史萧翼。至于萧翼得到《兰亭序》的过程，这里就不说了，唐朝宫廷画家阎立本画过一幅《萧翼赚兰亭图》。到底是"赚兰亭"还是"智取兰亭"？历代好奇的人都有自己的理解。无论多少个版本的故事，《兰亭序》的归处在昭陵这一点是一致的。就是说，我们看到的，都不是真迹。

这里多说一下，"临摹"这个词要拆开来看，"临"

需要好功力，是在旁边仿照笔画顺序写，"摹"是复制，是匠人将薄纸盖在真迹上描。大师的"临本"非常有价值，比如欧阳询、虞世南、褚遂良都临过《兰亭序》，虽然是"临"，各自的笔法多少会显露出来。

书法在古代并不是陶冶性情的工具。明代，一批考试中进士的文人想当官，只能去学一门技术，写字还是很高雅的，于是诞生了"朝廷书家"，也可以叫他们"御用写手"。

明朝有个官衔叫"经筵侍书"。当时的皇帝不仅要自己练字、读书，还要参加"经筵"讲学。"经筵的着眼点在发挥经传的精义，指出历史的鉴戒，但仍然经常归结到现实，以期古为今用。"黄仁宇先生在《万历十五年》里的这句话其实不难理解，就是我们现在说的"以古为鉴"。他还生动地把这个过程描述了一番："先一日用楷书恭缮的讲义此时已经陈列于案几之上。在赞礼官呼唱之下，两员身穿红袍的讲官和两员身穿蓝袍的展书官出列。他们都是翰林院中的优秀人员。讲官面对皇帝，展书官在书案两侧东西对立。接着是讲官叩头，叩头毕，左边的展书官膝行接近书案，打开御用书本讲义，用铜尺压平……参加这种仪式，他（申时行）要在天色未明之前起床，熬过一段悠长枯燥的时间，等到经史讲完，书案依次撤去，参加的人员鱼贯入殿，在丹墀上向御座叩头如仪，然后才能盼来这经筵之'筵'。此即在左顺门暖房内所设的酒食。"说白了，就是听完课，大家集体吃个饭。

之所以忽然想到这里，是因为我在古画上总看到类似"太常卿兼经筵侍书程南云"等题跋，很爱标注职务。

书写的目的

收藏界有时据此作为判断艺术价值的标准，和作品本身的艺术性没多大关系。现在的收藏界据说更是如此，买卖者未必了解这件作品，只看某些附加的东西——到底离不开某种"权力""名气"的世俗点缀。其实"侍书"官不大，就是站在案几旁边，在皇帝听经、写字时，负责翻书、研墨的，但确是一种靠近权力的身份。

连明星书家董其昌也有一枚印章："知制诰日讲师"。看来标注职务已经是当时书法圈的标配了。

明朝建立之后，这些靠写字做官的文化人着实紧张了几十年。朱元璋的脾气谁也摸不清，所谓的"朝廷书家"都惶惶不可终日。到朱棣即位，下令编《永乐大典》，需要大量书写的人才，能写字的人渐渐又受到了重视——真是个人的命运绑在一国之君身上。

写字就能当官？在唐朝，通过礼部考试只是具备了当官的资格。要真正当上官还需要吏部从"书、判、身、言"加以考核。"书"是看字写得如何，"判"就是指对一件事思路是否清晰。考察完这两项，再看长相、身高这些外在形象，"言"就是言谈举止要得体。

吏部考察的字体是楷书。当时社会上年轻一代中都流行"更有用"的楷书，只有上了年纪的人群里才流行草书。两种书体，两种境界。应该说，草书有点太抒发个人情绪了。东晋王羲之以后，草书的好坏成了一个人社会地位的标志。草书和书家是挂钩的。

古人写字目的性很强，所以凡是写出一手好字流传到今天的，不是官宦出身的世家子弟，就是做过官的不得志文人。

最有名的王羲之就是达官贵人出身，苏东坡、黄庭坚等人都当了官，写字也好，仕途不顺导致他们有郁闷需要排遣。写字好的人在民间非常受尊重，于是他们也越来越安于此道。

除此之外，还有董其昌历经改朝换代，但命运眷顾，遇上了乾隆帝，才有了后来的成就。同样经历的傅山就没这个运气，连《石渠宝笈》都没有记录。

颜真卿的仕途一帆风顺，虽然也受人排挤，但算是遇上了喜欢自己的唐玄宗。

安史之乱，堂兄颜杲卿任常山郡太守，和儿子颜季明一起抵抗叛军，最后被擒，送到安禄山手上，因为不降被凌迟而死。南宋文天祥在其流传千古的作品《正气歌》里有句"为张睢阳齿，为颜常山舌"，指的就是这件事，颜杲卿被凌迟时咬断舌头，喷着血，还在骂叛贼。

颜真卿作为堂弟，悲痛欲绝地为此写下了"天下第二行书"《祭侄文稿》。我想这个字帖的结果是一个"意外"，虽然字帖名气很大，但那是一份草稿，按规矩，正式祭文应该在祭祀时烧掉了。也许是因为颜真卿的名气，草稿被人私自藏了起来。所以说佳作流传需要点运气，很多千古名帖都是如此。

这份涂涂改改，大小不一，字句随意的字帖，很符合唐玄宗以后笔墨开始表现当下情感的风格。这个书写的意义就足够了，也使《祭侄文稿》流传后世，但临这个帖子似乎没什么必要。如果目的是练字的话，还是应该以王羲之的书风为主。《祭侄文稿》看的已经不仅是字了，更是感受颜真卿失去侄子的悲痛。

这篇文字是说书写的目的，其实没有褒贬，就是结合常识说些个人看法。我自问自己中学时迷上写字的目的在哪？我发觉，人没有目的时很迷惘。从这个角度来说，目的性完全是不俗的。

拿怀素做例子。这个爱写字的僧人，在长沙老家时书法就出名了。唐代宗大历二年（767）时，怀素南下意图拜名家徐浩为师，但此行没有成功。使他扬名书法圈的是我们上面多次提到的颜真卿——那是他从南方到北方之后的事了。他在长安有机会看到一些名作，比如王羲之、王献之父子的作品，加上他从小就比一般人努力，进步很快。大历七年（772），本来想回南方的怀素在洛阳见到了颜真卿。这次偶遇使得怀素名气大增，高高兴兴地回到了南方。他的名帖《自叙帖》就记载了这个"成名"过程，所谓"西游上国，谒见当代名公。错综其事，遗编绝简，往往遇之，豁然心胸……"——其实，这也是一个时代的缩影，米芾《论书帖》里有句话说怀素"时代压之，不能高古"。再个性的人也没法完全离开时代的影响，抵达最好的状态（高古）。怀素有随时代而做的一些事，如《自叙帖》里第一个出现的人名就是颜真卿："颜刑部，书家者流，精极笔法，水镜之辨，许在末行。"反正下来也都是"当代名公"。我没想到，一个"幼而事佛"的人竟然也因为"颇好笔翰"把自己搞得跟个想当官的年轻人似的。

还有一点，现在很多人批评有人写字不规规矩矩坐在书桌前，而是对着镜头手舞足蹈，但你看怀素写字一直很有表演性（张旭也是），经常喝多了，在大家面前写，人越多，写得越好，越有成就感。这些事没那么严肃，也没必要批判——如果书写的目的纯粹，那就是这人的天真、可爱之处；如果不纯粹，就另当别论了。